WILDERNESS

荒野集

阿拉斯加的宁静历险日志

[美] 洛克威尔·肯特 著

杨鹏 译

First published in the United States under the title *Wilderness: A Journal of Quiet Adventure in Alaska* by ROCKWELL KENT.

Copyright Wesleyan University Press, 1996. Published by arrangement with Wesleyan University Press.

这本日志
献给狐狸岛上的
老奥尔森
和小洛克威尔·肯特

WILDERNESS

目 录

前 言 1
中文版前言 20
第一版 序 24
第二版 序 26
第三版 序 29
阿拉斯加画集的导言 32

日志 I 发现 39
   II 到达 47
   III 日常 79
   IV 冬日 125
   V 等待 147
   VI 出行 167
   VII 家 175
   VIII 圣诞节 205
   IX 新年 231
   X 奥尔森! 263
   XI 余晖 279

疯隐士 307
图版目录 316
译后记：浓缩的人生 319
洛克威尔·肯特年表 326

前 言

短短的七个月——从1918年8月末到1919年3月中旬,洛克威尔·肯特带着他九岁的儿子(名字也叫洛克威尔),隐居在阿拉斯加复活湾里,距离苏厄德市[1]不远的一个小岛上。接待他们的主人,也是唯一的伙伴,是瑞典人拉尔斯·奥尔森。年轻时的奥尔森属于阿拉斯加最早的开拓者,四处淘金和设套捕猎。现在七十一岁的他孤身一人,已经无力闯荡,用他自己的话说:"只剩下一个破落的开荒人。"他热情地欢迎肯特父子来岛上居住,在那里他靠一个饲养山羊和狐狸的小农场为生。

肯特记录狐狸岛生活的这本日志,是他出版的第一本书。1920年刚刚问世,就收获了许多重要报刊的赞誉。英国的《新政治家》杂志称它为"自《草叶集》以来美国最引人注目的一本书"。《芝加哥邮报》写道:"这位艺术家只是最简单地描绘了一个男人和一个小男孩,在粗陋的小屋里粗陋的桌子前吃饭,却浓缩了家庭生活感人的一切——这位艺术家的真诚,让我心悦诚服。"

《荒野集》或许是肯特最吸引人、具有最持久影响力的文学成

---

[1] 威廉·苏厄德(William Seward,1801—1872),曾任美国国务卿,促成美国从俄国购买阿拉斯加,该城市因他而得名,位于基奈半岛。本书注释均为译者注,下同。

就。罗伯特·本奇利[1]在《纽约世界报》发文,首次总结了它近乎神秘的特质:"某些人经过了这样一次历险,回到人们丑陋的巢穴。他带回来的东西,足以引起所有城市生活者的嫉妒。这就是洛克威尔·肯特从阿拉斯加带回来、放进《荒野集》里的礼物。"肯特从阿拉斯加的荒野里带回的礼物,只是他自己、他的艺术宣泄和思考。肯特写道:"我们离开嘈杂拥挤的大路,是为了面对无穷广阔和无限神秘的荒野,我们在这里找到了自己——这就是荒野里唯一的东西。"

自从出版以来,《荒野集》搅起了无数艺术家、作家和探险家的想象波澜,吸引了许多人踏上阿拉斯加的土地。这是一本关于艺术和生活的书,它讲述了疏离与融合、关于人的内心世界与精神世界、如何简单地生活、如何优雅地变老而不丧失童年的梦想。在《荒野集》里,肯特把他自己充实丰富的心灵,注入了无边的空旷与孤寂。

肯特此前在纽约的生活、他在苏厄德的逗留,在书中几乎都没有显露痕迹。这种刻意的省略,利于我们理解他的生活,对这本书字面以外的深意做有趣的发掘。肯特在第一版的序言里,自己透露了些许线索:"我刻意让这部充满欢乐的故事,开始于距离小岛很远的复活湾海面上——同样刻意地,在即将心绪纠结地回归城市的地方,平静地画上句号。"奥尔森和其他读到这几句话的苏厄德居民,

---

[1] 罗伯特·本奇利(Robert Benchley,1889—1945),美国著名的幽默作家、剧评家和演员。

显然明白它是在暗示肯特与这座小城之间的争吵。然而直到最近几年，肯特的传记作家们和读者们，才开始注意到这段暗语和它背后隐藏的深意。

洛克威尔·肯特，1882年6月21日生于纽约州的塔里敦镇。虽然出自一个残留着维多利亚时代气息的富裕大家族，然而当他父亲去世的时候，留给五岁的肯特的主要财产却只是一支银质的长笛。终其一生，无论走到哪里——纽芬兰、阿拉斯加、火地岛与格陵兰岛，肯特都带着这支长笛。父亲去世后，他和家人度日艰难，全靠富裕的亲戚接济，间或还能强撑体面。

从就读私立中学的时候开始，肯特就显露出强烈的反叛精神。幸好他的一位姨母本身就是有天分的艺术家，她很赏识他的艺术才华。肯特想学习绘画，但是出于稳定收入的考虑，家庭成员都建议他成为建筑师。他进入哥伦比亚大学建筑系学习，同时在画家艾伯特·赛耶、威廉·切斯、罗伯特·亨利[1]的指导下完善画技。他最终从哥伦比亚大学辍学，全身心地投入绘画。

1905年，罗伯特·亨利介绍肯特来到缅因州的莫西干岛。这个孤悬在海里的小岛，距离布斯贝港约二十英里。在峭壁兀立的小岛上，肯特隐居在自己建造的小木屋里。作画之余阅读爱默生、梭罗、陀思妥耶夫斯基、屠格涅夫、托尔斯泰、拉斯金、叔本华、斯

---

[1] 艾伯特·赛耶（Abbot Thayer, 1849—1921）、威廉·切斯（William Chase, 1849—1916）、罗伯特·亨利（Robert Henri, 1865—1929），都是美国著名画家。

宾塞和海克尔[1]的作品，靠打零工和捕捞龙虾维持生活。

1908年，肯特与画家赛耶的外甥女凯瑟琳结婚。接下来的十二年，他始终挣扎在经济困境的边缘，吃力地供养儿女不断增多的家庭。出于事业发展和经济收入的双重考虑，他两次来到加拿大的纽芬兰岛，正是在那里，他培养出对北方寒冷气候的钟爱。第一次是在1910年，他独自来到小镇布林（Burin）——在山势陡峭的峡湾里，是许多零星小岛簇拥的港湾。他希望能找到一块合适的用地，和一位朋友共同创办艺术学校。1914年，肯特带着凯瑟琳和孩子们，再次来到纽芬兰，落脚在康塞普申湾（Conception Bay）南部，那里曾经是捕猎海豹的港口。这时恰逢第一次世界大战爆发，当地人怀疑肯特是德国间谍。他索性报复式地炫耀自己热爱所有来自德国的东西、蔑视当地大英帝国臣民的坐井观天。加之他怪异的幽默感和冷笑话，原本就惹得当地人厌烦，最终他们全家被驱赶离开——当时凯瑟琳怀有身孕，三个孩子都生着病。接下来的几年里，肯特依靠建筑师、设计师和木匠的手艺维持生计，同时继续艰难地画画。

三十六岁（1918年）的肯特，自视为物质生活的失败者。他的画曾经在某些场合成功地展出，收获了一些积极的评论，然而他怀疑自己是否能靠卖画供养一个大家庭。作为坚定的社会主义者和反战主义者，身在一切以金钱衡量同时处于战争状态的国家，他时常陷入抑郁，一度想到自杀，甚至想到永久地移民到德国。这时候的

---

[1] 恩斯特·海克尔（Ernst Haeckel，1834—1919），德国博物学家、作家，积极传播进化论。

阿拉斯加之行，并不是艺术家为寻找灵感的轻松旅行，而是他为拯救自己事业的最后一次努力。他对妻子凯瑟琳坦白："驱使我这次前往阿拉斯加的，是强烈的迫切感和责任感，这是我以前从未有过的。"他决心要向充满敌意的世界证明自己的艺术价值，不仅为了让世界变得更美好，而且要在其中创造自己的庇护所。

他来到阿拉斯加，因为他希望远离人群，也因为他热爱北方。"我向往白雪覆盖的群山、单调的荒原和冷酷的北方大海，它硬朗的海平面像是世界的尽头，再向前去就是无穷的空间。这里的天空更清澈、更高远。它具有千倍于别处温柔景物的力量，揭示了永恒的奥秘。"

肯特父子搭乘"法拉古特上将号"（Admiral Farragut）邮轮，于1918年8月24日（星期六）早晨6点刚过的时刻，到达苏厄德。肯特立刻投宿在一家叫作塞克斯顿的旅馆，开始向当地人询问，希望找到一个僻静的长期住处。他带的钱很少，只够在旅馆停留几天。在当地的小餐馆里，他只点最便宜（同时也是最健康）的饭。接连两天，侍者问他是否需要汤、咖啡、茶、馅饼或者布丁、甜点。肯特一概说"不"，甚至不敢正视儿子的眼睛，后来他才知道这些都包括在饭菜的价格里。

他向远离海岸的内陆方向走了几英里，发现那里的地势过于平坦乏味。"我意识到必须选择海岸附近。"通过当地的一位摄影师，他了解到复活湾有一个狐狸岛，还听说城里的锡匠格拉夫将在第二天（星期天）组织去复活湾的海边采摘野莓。肯特父子受到邀请去参加采摘聚会，当其他人忙着采摘的时候，他借了一条小船，带着

苏厄德城市面貌，大致与肯特到来同时期　（图片来源：复活湾历史学会）

儿子划进海湾。本书的第一章正是从此处开始。

　　肯特称得上是一个技艺出色的木匠。终其一生，设计和建造房屋的手艺，让他受益颇多。在狐狸岛，他把奥尔森养山羊的小屋清扫干净，用苔藓和布条填充墙上的缝隙，增加用具，将其改造成非常舒适的家。他还在西面的墙上新开了一个两英尺见方的窗。

　　奥尔森的生意伙伴托马斯·霍金斯，"支援"了肯特一些食品和生活材料。霍金斯是一个多才多艺的生意人，热心于苏厄德的发展。他就像在做投资，看好肯特的艺术作品是对苏厄德有力的宣传。作为答谢，肯特对着一张照片，在胶合木板上画了一幅霍金斯的女儿弗吉尼亚的肖像油画。苏厄德当地的商贸委员会，也为这里出现一位纽约的艺术家而兴奋不已。位于首都华盛顿的美国艺术档

肯特在狐狸岛上　（图片来源：肯特基金会）

案馆,保留着一封信,内容是苏厄德商贸委员会对肯特的介绍与推荐,但是由肯特本人亲自起草。很显然,肯特希望商贸委员会正式地签署这份介绍信,他可以借此在阿拉斯加各地免费旅行。可惜不久双方的关系就闹僵了,它始终只是一份草稿。

在肯特开始毕生的第三次也是较为稳固的婚姻之前,发生了一系列复杂的感情纠葛。在前往阿拉斯加之前,肯特已经和一个名叫格雷琴的德国姑娘关系暧昧。凯瑟琳发现了他的外遇。夫妻双方都想和解,但是凯瑟琳拒绝陪伴丈夫去阿拉斯加,这一点情有可原,纽芬兰不愉快的经历给她留下了阴影。在某个阶段,肯特甚至考虑过和格雷琴同去阿拉斯加,幸好他放弃了这个想法,最终选定的同伴是儿子。凯瑟琳起初竭力反对,但或许寄希望于儿子能够维系

肯特的小屋外景　肯特拍摄（图片来源：肯特基金会）

他们的婚姻，她同意了肯特的计划。在狐狸岛上，肯特仍给格雷琴写信，尽管他在给妻子的信中宣称这段婚外情已经了断。他告诉妻子，在他陷入沮丧想到自杀的时候，格雷琴曾给过他安慰，然而她并不会切实地威胁到他们的婚姻。凯瑟琳在回信中告诉丈夫，她现在异常孤独，并且暗示身边有男人对自己表示好感。

在狐狸岛生活期间，肯特多次梦见别的男子勾引凯瑟琳。他的内心深处害怕妻子会抛弃他。他隐瞒了自己的不忠，却在信中警告凯瑟琳:"我想我会因为嫉妒而杀人。不——我会因为嫉妒而自杀。"《荒野集》之外的文字线索,泄露了肯特享受着天堂一般快乐生活的同时,又伴随着地狱一般的内心煎熬。肯特在信中写道:"那些可怕的时刻啊。许多小时、许多日夜,我都在绝望地思念我的家庭。某些时候,我甚至想不顾一切地逃离这里,无论外面风雪多么狂暴。"

通过他的朋友卡尔·齐格罗塞[1],荒岛上的肯特仍和艺术界保持着联系。齐格罗塞是费勒协会(Ferrer Association)出版的《现代学校》(The Modern School)杂志的编辑。他们两人在生活、艺术和向往蛮荒世界等方面都意气相投。肯特写信给妻子、格雷琴和他的孩子们。他每天做饭、劈柴、吹长笛、画画,在岛上四处探险。他读布莱克和尼采的著作,偶尔去苏厄德拜访朋友们,和儿子嬉闹,给他读书,热心地听奥尔森讲历险故事。奥尔森对两位客人真诚的喜爱以及他温和的粗犷,都深深地触动了艺术家。肯特这样描写他的个性:"假如他的眼睛出了毛病惹他心烦,他就会干脆用手指把眼球掏出来——当然不会忘了在眼窝塞上烟草渣。"[2]

肯特完全无视外面的世界发生的一切,狂热地专注于自己的艺术。他对在岛上的创作很满意,逐渐恢复了自信。他给一位艺术商的信中写道:"我开始看到自己所作所为的目标,看到了方向。我执着地相信我自己的命运。"

---

[1] 卡尔·齐格罗塞(Carl Zigrosser,1891—1975),美国著名的艺术评论家和代理商。
[2] 野外探险者常用烟草为伤口止血和止疼。

在此期间，肯特的名字间或出现在当地的报纸上。9月的报纸刊登了他和另外六十五人共同为亚美尼亚饥荒捐款。他的一美元捐款，无疑让他当时的经济状况更加局促。12月的《苏厄德门户报》(Seward Gateway)刊登了他写给商贸委员会的公开信，抱怨混乱的邮政服务。他来到阿拉斯加的第一站是亚库塔特(Yakutat)，离开时他叮嘱当地邮局把美国本土寄来的邮件转寄到苏厄德，然而四个月后，他仍未收到8月就从纽约寄出的画布等物品。第二年3月末的报纸刊登了他写的一篇短文《宠物与天堂》(Pets and Paradise)，描写狐狸岛上的生活，也赞颂他的朋友奥尔森。

在本书的第七章，12月14日的日志里，肯特提到奥尔森拿过来一封他写给凯瑟琳的信。日志里写道"信里满是俏皮话"，然而肯特并未提及的事实是，他无比急切地想让凯瑟琳来阿拉斯加，正是他鼓动奥尔森写了这封信。

肯特先生和我聊了很多，说到关于你来阿拉斯加的事。你真应当过来，你丈夫和儿子都在这里。以后可能你就没有这么好的机会来阿拉斯加了。我看这个旅行对你的好处特别多，住在荒地里，离开城市生活……（这里）花费非常低，根本不需要交房租，没有水费、煤气费。一加仑汽油才五十美分，够船的马达用四个小时。只有一件麻烦事，就是你要自己砍树，还要锯开劈好，搬进屋子，再丢进炉子里。

在第十一章，肯特提到凯瑟琳被这封信的结尾逗乐了。"要是你乐意就回信——不搭理我也行，反正对我都一样。"奥尔森曾告诉肯特："没错儿，这就是阿拉斯加的规矩，要是有人不喜欢你做事的方式，就让他见鬼去吧。"肯特没有告诉读者，奥尔森的信里还写道："肯特先生让我给你写信，你可别怪我多事哟。"

尽管老奥尔森在信中施展了自己的魅力，凯瑟琳仍然不愿前来和丈夫、儿子团聚。相反地，她要求他们返回纽约。春天即将到来，肯特意识到他必须尽快回到纽约，否则他的婚姻岌岌可危。他给齐格罗塞的信中写道："现在就离开这个迷人又自在的地方，真是太遗憾了。晴好的天气正在变多，而我正打算仔细探索海湾周围奇妙的世界。"离开狐狸岛之前的一段时间，肯特疯狂地作画。离开时他带着某些没有画完的作品，留待之后收尾完成。"我实在不知道，回到纽约能做些什么。"两位伙伴这么早就离开，奥尔森感到很失望，他告诉肯特，与其这么周折，不如就在纽约州的深山里住上几个月，或许也能看到和阿拉斯加差不多的景色。肯特又陷入消沉。"我反复地权衡是否……彻底逃离外面的世界，但始终想不出让自己满意的结果。我不知道这种折磨最终怎样收场。"

肯特父子于1919年3月17日离开狐狸岛，此后他们在苏厄德停留了将近两星期。3月27日的《苏厄德门户报》刊登了肯特的告别信。"你们这片土地拥有稀缺的男子气概，"肯特写道，"人们被吸引到这里，正是因为他们的动机和能力都区别于其他人。……任何法律一旦限制人们自由地处理自己的事务，就是暴政。"接下来，肯特希望苏厄德的居民们，提防已经在城里弥漫的精神病菌和污秽——

肯特的小屋室内，注意屋顶悬挂的油画、临时工作台上未完成的画
肯特拍摄（图片来源：肯特基金会）

拥护禁酒令的人、强征自由人参军的人。要警惕那些终日盯紧别人却不知自尊自立的人。肯特把这种人称作"披着羊皮的军国主义者"，把他们与德国皇帝威廉相提并论。尽管列出了种种潜在的危机，在信的结尾处，肯特仍赞颂阿拉斯加是"我到过并且渴望重返的唯一地方"。

然而，第二天的《苏厄德门户报》头版，却刊登了当地一位女教师玛丽·莱特的公开信——《敬请解释》。在肯特父子几次在城里逗留期间，小洛克威尔曾经由朋友们的孩子带领参观当地的小学。课间休息的时候，几个孩子拉着他来到正在看书的女教师莱特面前。

他们故意逗引这个陌生的男孩："你快说，你最喜欢哪个国家的国旗？"

"德国。"

莱特小姐用书温柔地拍拍孩子的手，显然认为他是在说笑话。她善意地告诉这个男孩："以后不要乱讲这种话。"然而，过后另一位教师告诉她，还听到这个男孩说过："我只恨英国的国旗。"莱特小姐吃惊地发现，这个男孩的父亲是"来自纽约的孤僻的艺术家，住在苏厄德附近的小岛上"。孩子不但从未上过公立小学，而且还会讲几句德语。她在信的结尾写道："肯特先生，你的儿子究竟从哪里学到这样可怕的想法？"

就在小洛克威尔去世的几年之前，在他位于马萨诸塞州的家里，我曾经和他谈到这段久远的往事。他的回忆却是另一种明显不同的版本。他记得，当时教师让学生们在百科全书里挑选自己最喜爱的国旗。他喜欢阿拉斯加天空上经常出现的鹰，于是选了一面有类似的鸟的国旗，而他根本不知道那是德意志帝国的国旗。

在肯特父子回到苏厄德的几个月前，第一次世界大战才刚刚结束。无论这个故事的细节如何，类似的行为都是亵渎爱国热情，甚至可以被视为叛国。在战争期间，苏厄德和许多美国小城一样，充斥着狂热的爱国和仇德情绪。本地的民兵每星期都有两三次操练。所谓的"四分钟俱乐部"，专门稽查对德国友好的宣传。关于德国间谍的谣言，散布在城市的各个角落。报纸上长篇累牍地描写德国人的野蛮和残暴。在公立学校和图书馆里，德语书籍被封存或者烧掉。任何人讲德语或者唱德语歌，都会引来怀疑的目光。几年前在纽芬兰的经历让肯特深知，炫耀对德国文化的热爱是多么危险！他在苏厄德停留期间，尽量地保持低调，但是仍免不了结交了几位德裔美国人的朋友。

就在莱特小姐发表公开信的第二天，《苏厄德门户报》的头版刊登了肯特的公开答复。在这篇雄文当中，肯特为孩子的单纯和勇于提出观点而辩护。他强调自己热爱英国的国旗，同时批评缺乏想象力的公立学校制度，希望双方相互谅解，就此平息纷争。他正面回答了莱特小姐的提问："我并不知道我的儿子从哪里学到这样可怕的想法。"

肯特很清楚第二天上午就要登船回到纽约，他刻意在告别的时刻向苏厄德射出一箭。他写道："作为学童的父亲，为什么我今后不应当再次光临苏厄德？在我即将离开的前夜，一位来自印第安纳州的教师使我获得了足够的理由。"肯特找准了这里的软肋：为了发展当地经济，苏厄德正在努力吸引旅游者。

肯特父子搭乘"法拉古特上将号"离开苏厄德，时间是1919年3月30日。他在纽约的诺德勒画廊（Knoedler Gallery）[1]举办了两次阿拉斯加题材的画展：第一次在他到达纽约一个月之内，第二次恰

---

[1] 诺德勒画廊（Knoedler Gallery），创建于1846年的美国著名的画廊。

好和《荒野集》面世同时。两次画展都是艺术与商业的双重成功。在第一次画展上,甚至还卖出了四幅小洛克威尔的画。

朋友们鼓励肯特把日志、信和画编辑成书,于是他和家人来到佛蒙特州住下,潜心写作。肯特在9月2日给奥尔森的信中写道:"我的书已经交付出版商,但是明年冬天才能面世。书里对苏厄德的描写,是这个地方应得的。我亲爱的老朋友,我在书里对你的敬意,也是你应得的。"

在《荒野集》里,肯特非常明智地回避了"德国国旗事件"。当时美国的仇德情绪仍未退潮,而"红色恐慌"已在酝酿。肯特显然知道,加入这样的花絮,这本书根本无法出版。日后为1930年的"现代图书馆"丛书版本所写的序言里,肯特写道:"最初版本的出版商,考虑到战争结束不久的爱国热潮,秘密地删掉两句德语儿歌的歌词并且不愿恢复。"然而,令人诧异的是,在1955年出版的长篇自传里,肯特仍然没有提到这段"国旗事件"。据我所知,在他的所有信件当中,也是如此。

安居于佛蒙特州的肯特,满心煎熬地思念阿拉斯加,并且对他被迫提前离开难以释怀。他给奥尔森的信中写道:"每一次想到狐狸岛,都像是痛苦地想家……"他邀请刚经历一次轻微中风的奥尔森来佛蒙特和他共同生活。奥尔森同意了,经过在苏厄德的几次筹款,包括"阿拉斯加拓荒者"组织的舞蹈义演筹款,加上肯特寄给他的一些钱,奥尔森告别阿拉斯加,来到了佛蒙特。不幸的是,他出现在错误的时间。当时肯特感觉极度压抑和乏味,仇视周围的一切。他正渴望另一次远行。出现在他面前的奥尔森,让他想到狐狸

奥尔森、他的两只山羊和小洛克威尔,站在奥尔森的小屋的门廊下
肯特拍摄(图片来源:肯特基金会)

岛壮丽幽静的美景,只能使他变得更加烦躁。奥尔森到来不久,两位老朋友竟然为应该怎样给一头小牛犊断奶而争执,并且互不让步。

奥尔森一怒之下,收拾行囊来到美国西部,那里是他年轻时候冒险事业的起点。他最后落脚在怀俄明州一个人迹罕至的小镇,独自终老。1922年秋天,奥尔森在孤独中去世——就像他一生的绝大多数岁月那样。据当地报纸所称:"他的遗体被过路人偶然发现。"在他曾经的住所旁是一个没有墓碑的坟堆,那里没有人知道他是谁。

正如肯特本人在晚年回忆的那样：阿拉斯加题材的画作和《荒野集》的巨大成功，"开启了一段衣食无忧的生活，那是凯瑟琳和我从未享受过的，……现在我可以安心地画画了。此后持续的几年，是我毕生创作成果最丰硕的一个阶段"。事实上，他刚刚在佛蒙特州安定下来，就把在狐狸岛上酝酿的想法付诸实施：以他自己作为投资对象成立"洛克威尔·肯特公司"，出售股本。不久，他就从投资者那里回购了所有的股本。在20世纪20—30年代，他是美国最著名的插画师和图案设计师之一，出版了他前往火地岛和格陵兰岛的配有精彩插图的游记。

肯特的一生始终与争议为伴。某些时候，他甚至会挑衅性地主动投入旋涡。他坚定地信仰社会主义的思想，时常被指责为共产主义者，尽管他从未加入共产党。每当他发现社会不公，都会热血沸腾地伸手援助。他前往巴西，抗议政府的酷刑和暗杀。他支持西班牙内战中的左派战士，在冷战期间还担任过"全美对苏友好协会"的主席。然而，他从未忘记狐狸岛。1918年在那里度过的圣诞节，给他留下了永久的美好回忆。他节选《荒野集》当中的片段，于1941年出版了一本名为《北方的圣诞节》的小册子。

1953年，肯特被参议员麦卡锡主导的调查委员会传唤，就他的左倾言行回答质询。该委员会以包含反动内容为由，试图收缴海外美国政府机构图书馆里的两本肯特著作：《荒野集》和另一部航海日志《北偏东》(*N by E*)。以此事为主要导火索，加之其他事件的推波助澜，导致肯特在晚年做出决定，将一大批油画和其他作品（包括《荒野集》的手稿）捐赠给苏联政府。目前，它们分藏于莫斯科的普希金美术馆和圣彼得堡的埃尔米塔日（Hermitage）博物馆。美国境内收藏肯特作品数量和种类最多的机构，是纽约州立大学普拉茨堡（Plattsburgh）学院博物馆的"洛克威尔·肯特展馆"。

1971年3月13日，在昏迷中抗争了十一天之后，肯特永远地离开了。他被安葬在纽约州北部自己的农场"阿斯加德"[1]。墓碑是一块巨大的佛蒙特州出产的花岗岩，上面刻着司各特的诗句。它既是肯特喜欢的诗句，也是他作为美国人的一生自传的书名："这是我自己的。"（This is My Own.）[2]

道格·凯普拉[3]

苏厄德，阿拉斯加

1995年4月

---

[1] "阿斯加德"（Asgaard）是北欧神话中众神的住所，肯特用它命名自己的农场。

[2] 沃尔特·司各特（Walter Scott，1771—1832），苏格兰诗人和小说家，对后世的浪漫主义具有深远的影响。"这是我自己的。"（This is My Own.）出自他的诗《呼吸的人》（Breathes There the Man），肯特以此命名其1940年出版的自传。1955年增补的自传，改名为《主啊，这就是我》（I'ts Me, O Lord）。

[3] 道格·凯普拉（Doug Capra），生活在苏厄德的作家，曾出版关于阿拉斯加历史的专著。

更多信息

《肯特收藏者》(The Kent Collector)是一本研究季刊,由位于纽约州立大学普拉茨堡学院博物馆的"洛克威尔·肯特展馆"出版。关于肯特的阿拉斯加之行,更多信息详见道格·凯普拉发表在该刊物的系列文章：1985年秋季号、冬季号；1986年夏季号；1989年冬季号；1994年秋季号。

相关书目：

肯特作品选集：Johnson, Fridolf. *Rockwell Kent: An Anthology of His Works*. New York: Alfred A. Knopf, 1982。

肯特自传：Kent, Rockwell. *It's Me, O Lord: The Autobiography of Rockwell Kent*. New York: Dodd Mead & Co, 1955。

肯特传记：Traxel, David. *An American Saga: The Life and Times of Rockwell Kent*. New York: Harper & Row, 1980。

苏厄德的"复活湾历史学会博物馆",目前常年展出肯特生平主题的展览,包括肯特的狐狸岛小屋的模型。

版本介绍

本书的文字与图片,都翻拍自洛杉矶的沃德·里奇出版社(Ward Ritchie Press)1970年发行的限量版本,共计一千五百五十本,带作者的签名及编号,包括根据手稿整理的此前未发表的内容,在书中以楷体字出现[1]。《荒野集》的第一版,于1920年由纽约的普特南森公司(Putnam's Sons)出版。

---

1 譬如1918年10月22日的日志。

中文版前言

两位来自纽约的冒险者，踏进了北国的天堂——苏厄德南边十二英里外的狐狸岛。那一天是1918年8月28日。第二年的3月中旬，肯特和九岁的儿子整理好行囊，离开了复活湾。他在3月16日的日志里写道："荒野像一个沉静深邃的酒杯，盛满智慧。仅尝一口，就能让余下的人生迈向更饱满的青春。"

肯特当然知道，他仅仅看到了神奇的阿拉斯加画卷的一小角。他在3月7日的日志里写道："这片极北国土拥有的奇观，甚至这一个海湾的奇观，就需要几年才能看完。"然而，他也很自信已经捕捉到了这片土地的精神。

肯特崇拜亨利·梭罗，也非常熟悉他的经典《瓦尔登湖》。他向往如梭罗那样，尝到生活深刻的甘味。在阿拉斯加等地的荒野冒险，让中年的肯特始终保持着青春活力。

肯特回到俗世的一个月后，在纽约成功举办了从狐狸岛带回的墨水画展。他在给一位画展资助人的信中写道："体验和记录这些生活，让我真切地破解了生活的许多奥秘。我发现了智慧，这种新的智慧必将以某种程度在我的作品中显露。"

1920年3月，肯特在纽约举办阿拉斯加题材油画展，《荒野集》恰好同时出版，它给读者们带来了"新的智慧"。可怕的世界大战和大流感刚刚过去,旧的天地仿佛被清除干净,新的天地正在萌发,文化中弥漫着绝望、不安和焦躁。人们渴求各种新的可能,希望回归洁净。很多人在肯特的画和文字里,感受到他超乎常人的敏锐——他总是能发现、赞颂、把握生命中最基本的要素。

尽管处在人生的低谷,事业前途暗淡,婚姻脆弱不堪,这位艺术家却把种种负面的力量,转化为一段迷人而又宁静的历险。可惜,他和妻子凯瑟琳来往的信件,泄露了故事的另一面:正在享受历险的画家,内心并不"宁静"。

1920年3月27日的《巴尔的摩太阳晚报》上,杰西·班内特(Jesse Lee Bennett)为刚刚出版的《荒野集》写下了书评:

> 当庸俗低劣的虚构故事、无比严肃却也无比乏味的著作占据书架的时刻,出现了一本真正的书、可读的书、清新的书,一本充满快乐的书、非常亲切的书。我们几乎忘记,在这个庞大老朽、盲目可怕的星球上,仍有朴素的快乐。我们几乎忘记,冷风仍在某个地方呼啸,海浪仍在某个地方拍打着峭壁,仍有人——真诚、警觉和乐观的人,凭借他所有的感受力和智力,想要远离尘嚣、混乱与绝望,前往某个地方寻找灿烂的生活。

《荒野集》和阿拉斯加题材的画作,使肯特迅速成名。此后他驾船前往火地岛和格陵兰岛,分别有配着插图的游记出版。1930年前后,他已经是当时美国最负盛名的艺术家之一。今天,《荒野集》终于能够让中国读者们——正如班内特所说的那样:"……感受一次强劲的生活脉搏,在这个深刻而又华丽的世界里,随着它的节奏做一次摇摆。"

洛克威尔·肯特始终乐见不同民族之间的友善交往,看到中文版的《荒野集》,他一定会非常高兴。

道格·凯普拉

苏厄德,阿拉斯加

2019年8月

第一版 序

　　这本书的绝大多数内容，是在阿拉斯加的狐狸岛上一天天记录下来的。当时它并未准备付诸出版，只是为了让我们在那里的生活留下一份永不褪色的快乐回忆。一切在体验时写下的真切记录，无论有怎样的缺陷，都是不容篡改的。书中除了日志，还增补了几封朋友的来信，所有内容都原样保留，仅仅零星地加入一些新的段落或小节，为了形成富有特色的叙述方式，毕竟这是在它出版的时期仅有的一部配有图画的文学书。整部书就像一幅图画，描绘了荒野中宁静的历险，一场实质上的精神奇遇。

　　如果你要在书中寻找极北荒原的冒险故事，必定会失望。远离城镇的生活，或许只会更平淡，而不会带给人更多刺激。荒野的魅力来自它的宁静。那里的人和野生动物，似乎都在追求和享受各自世界里的自由，从不互相打扰。我们在岛上的邻居，一位设套捕猎的老人，彻悟了冷酷的人间哲学，那就是在所有动物当中，人是最可怕的。所有其他动物之间的厮杀，总是有正当而自然的理由，唯独人会无缘无故地杀戮。

　　我刻意让这部充满欢乐的故事，开始于距离小岛很远的复活湾海面上——同样刻意地，在即将心绪纠结地回归城市的地方，平静地画上句号。我们在1918年8月25日（星期天）到达狐狸岛，于第二年的3月17日离开。

洛克威尔·肯特

艾灵顿，佛蒙特州

1919年12月

第二版 序（十一年后）

  正是在荒野中那段宁静的历险、那段平淡的离群隐居，让我领悟到任何想要寻找伙伴的人，最终必须找到真实的自己。这一点已经成为我心目中的真理，或许是我所知的唯一真理。

  去吧，年轻人去追求智慧，而睿智的长者保持青春。不是要去西方或东方，也不是北方或南方，而是任何尚未被人踏足的地方。因为在灵魂深处，我们每个人都需要保持上帝赐予的、不可或缺的独立人格，这样才能抗拒我们身处的这个时代，才能确保自己始终是这个文明的创造者，而不是它制造的产品。

  那片亘古不曾改变的荒野，或许见证了上百个文明盛开而后衰亡。在荒野中，你必然会发现自己是谁，意识到自己的感觉、恐惧、欲望和理想，就像荒野本身一样古老和博大，并且与它息息相通。在古代社会的那些价值标准当中，人所创造的艺术，必将超越丧失信仰的混乱，尽管有各种艺术潮流和言论的干扰，尽管这个时代盛产躁动、纽约、哈莱姆、钢铁与爵士乐。艺术永远是人能够理解上帝的所有内容。

  我非常荣幸，能够在这一新的版本中温习自己多年之前的思想。感谢"现代图书馆"丛书出版者的开明，我还荣幸地恢复了当初日志里的两句德国儿歌的歌词。1919年最初版本的出版商（日后是颇为畅销的埃米尔·路德维希[1]作品的出版商），考虑到战争结束不久的爱国热潮，秘密地把它删掉并且不愿恢复。如今它出现在第68页[2]，歌词大意是："亲爱的月亮，你悄悄地穿过夜晚的云。"

曾经有人问我，为什么奥尔森（读了这本书，自然会知道他是谁）离群索居这么久？没有理由。世间的一切都不需要许多理由。他只是想要这样。

洛克威尔·肯特

奥塞布尔福克斯，纽约州

1930年

---

1 埃米尔·路德维希（Emil Ludwig，1881—1948），德国作家，主要作品是歌德、拿破仑等人的传记。
2 见本书第104页。

第三版 序

五十年前写作《荒野集》的这段"宁静的历险",就像《鲁滨孙漂流记》和它的瑞士模仿者[1],始终在我心中散发着魅力和智慧。

五十年后,我面前站着一个已经谢顶、身高将近六英尺四英寸[2]的科学家。

"爸爸,那年我们在狐狸岛住的几个月,是我一生中最快乐的时光。"

"对于我也是,儿子。"如果不是要安慰那些无论宁静与否、填满我漫长人生的各种"历险",我甚至也很想这样说。

在这部日志发生的地方,分享尘世间那个天堂角落的三个人,今天只有其中的父亲和儿子仍在尘世。曾给过他们快乐生活的小屋,只剩下一堆腐烂的木材。

如今的阿拉斯加,已经是美国的一个州。[3]它富含石油的土地与海洋,被摆上了拍卖台。有谁知道,随着时间流逝,狐狸岛纯

---

[1] 《瑞士鲁滨孙漂流记》(*The Swiss Family Robinson*),是瑞士作家维斯(Johann Wyss, 1743—1818)创作的青少年题材小说,描写一个瑞士家庭因沉船落难,在荒僻的海岛上的生存故事。

[2] 约一百九十厘米。

[3] 1919年的阿拉斯加只是美国的一块海外领地,1959年才正式成为美国的第四十九个州。

真的荒野最终还能剩下些什么!我怀着悲观的心情,向这片可爱又宁静的荒野,说出最后的告别:"土仍归土,灰仍归灰,尘仍归尘……"[1]

洛克威尔·肯特

"阿斯加德"

奥塞布尔福克斯,纽约州

1970年

---

[1] 英语国家葬礼仪式的常用语。改编自《圣经·旧约,创世记3:19》:"你必汗流满面才得糊口,直到你归了土;因为你是从土而出的。你本是尘土,仍要归于尘土。"

阿拉斯加画集的导言（诺德勒画廊，1919年）

  1919年，我从阿拉斯加回到美国本土不久，我的一系列黑白墨水画（即将在《荒野集》中出版），在纽约的诺德勒画廊展出。久负盛名的艺术评论家克里斯蒂安·布林顿博士[1]，将为这次展览的展品图录撰写简介。

  布林顿博士对于我应他的要求而写的说明文字非常满意，表示他无须再做任何添加，唯一的建议是把这篇说明，改写成一封给他的假想来信[2]的格式。他自信地向我保证，这将是一个"绝妙的宣传游戏"，而这也是我专为出版而写下的第一篇文字。

狐狸岛，复活湾

阿拉斯加，1919年冬

---

1 克里斯蒂安·布林顿（Christian Brinton，1870—1942），美国著名的艺术评论家。
2 这封假想信（Imaginary Letter）的写法，是肯特假想自己仍在狐狸岛的情形。事实上当时他已经回到纽约。

亲爱的布林顿博士：

　　我难以决定为你写些什么，因为我始终难以了解自己，自己为何而工作、为何去爱和生活。幸好这些问题总算都自行解决了。我来到阿拉斯加，因为我热爱北方。我向往白雪覆盖的群山、单调的荒原和冷酷的北方大海，它硬朗的海平面像是世界的尽头，再向前去就是无穷的空间。这里的天空更清澈、更高远。它具有千倍于别处温柔景物的力量，揭示永恒的奥秘。我热爱北方的自然界，而我所爱的，我必然要拥有它。

　　北方的荒野异常可怕。寒冷让这里异常艰苦，甚至是凄惨。孤寂的冬季长夜实在是令人恐惧，或许你料想不到，我热爱这种凄惨，不惜向它献媚。作为一个有血有肉、热情饱满的人，我始终投入沸腾的精力去抗争、工作和嬉乐。我让自己生命的蜡烛同时在两端燃烧，我自己都很费解，居然能留下纤细的烛尖照亮艺术。因此，这次在荒野中的逗留，绝不是一名艺术家为画笔寻找诗意素材的游历，而是一个厌弃纷争、无奈和拥挤的人，为了自由的抗争——这是一名哲学家追寻快乐的朝圣。

　　荒野恰恰是人带到这里来的东西，并不会给予人更多。假如小洛克威尔和我，能够陪伴着无情的大海，忍受大地的巅峰被风雪包围，在无边的寂静中生活；假如我们能坚持下去，没有因为惧怕空虚而逃离，只是因为我们自己的内心温暖了群山与大海，让荒芜的空间有了人性。我们看着自己，就丝毫不会惧怕。我们在这里找到了生活，真正的生活——枝繁叶茂的生活，充满爱，闪耀着光芒。

我们学会了无须畏惧命运，而应当努力让尘世的生活如同在天堂一样。

　　我时常想到，无论我在绘画上投入多少精力，我的画作多么成功，我都不是通常意义上的艺术家。抽象的形式对于我毫无意义，除非它是整体的一个片段，而这个整体必然是生活本身。在我眼中，一根线条必然是一个人物形象，而这个形象唯一的价值是它象征的内涵。我只关注终极的目标，所有可见的、物质的对象都只是表达形式而已。当我构思一幅画，我就像一个演员，忠实地演好指定的角色。如果我画一个超人，他必然是我内心与目力所及的世界的载体，一个光辉的巨人，迈着大步跨越村镇与城市、河流与山巅，伸展的双臂高高举起，拥抱星光闪耀、如深渊一样莫测的夜空。这算艺术吗？我不知道——也并不关心。

　　我的凯瑟琳和我，曾艰辛地寻找至真的快乐。但是我非常清楚，如果在最终的目标实现之前不再希求安宁，那么这种探寻就会失去意义。至少在我们自己看来，在通向自由乐土的道路上，我们每次探寻总是能够收获一点点智慧。这就是我们生活的目标，而艺术只是探寻历程的有形记录。克里斯蒂安·布林顿，你肯定会知道何时我们的目标得以实现。有朝一日，你会受我之托为展览撰写图录，那展览将命名为"天堂的画卷"。

　　接下来，你要听到某种信仰的表白。我们都是万物运转当中的很小的局部，只不过是一些仪器，以不同方式记录下各自在无穷世界之中的独特旅程。我们从无穷的世界所吸收的，塑造了我们的个性。我们所释放的，凝聚成有形的表现。

阿拉斯加是一个童话中的仙境，它的山与水充满魔幻的美。处女地散发的清新、荒野彻底的与世隔绝，是持久的灵感来源。远离人群的纷扰，我们的生活是如此简单。我们辛苦地劳动，舞动臂膀和双手砍倒大树。我们要乘船穿过十三英里宽的凶险海面，才能到达最近的城市。航程中的危险、只有我和儿子相守的日日夜夜，让我看清了这片奇境，认识了它的内心——这些就是阿拉斯加在我心目中的光辉。体验和记录这些生活，让我真切地破解了生活中的许多奥秘。我发现了智慧，这种新的智慧必将以某种程度在我的作品中显露。

              你忠诚的洛克威尔·肯特

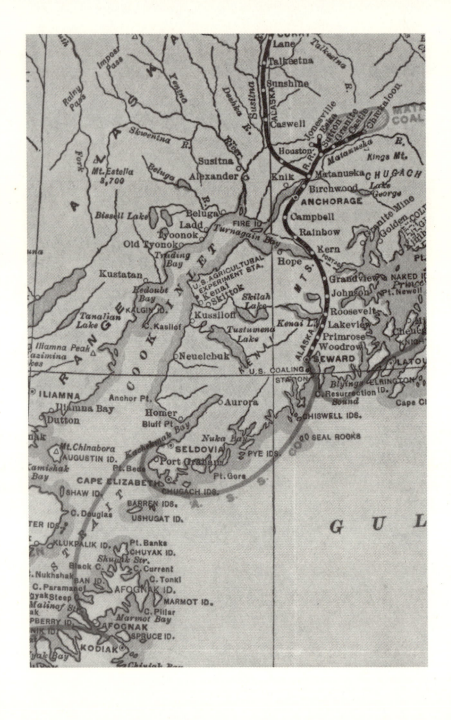

日志

I 发现

在看上去只有一英里宽的海面上,我们已经划了一个小时。

北方的空气如此清新,初到这里的人,面对密集高耸的山峰和一望无际的空阔,都会茫然不知所措。我们背后的船尾方向,近处的群山背后露出远处的高峰。云杉覆盖的陡坡耸立在我们前方,周围是彻底的荒野、无人踏足的群山和峭壁挺立的岛屿,南面就是浩瀚无际的太平洋。

这是一个宁静的夏日,蓝天如洗——我们继续划船,寻找落脚的地方。它一定正在某处等着我们,就像我们憧憬的那样,某个淘金者或者渔夫建造的小木屋,如今已经被遗忘。小木屋、草地、树影摇曳的海滩、泉眼或者小溪里清凉的水——我们甚至可以描绘出,站在那里能望见的远景:海面、群山和灿烂的夕阳。我们完全依靠梦想指引,来到这个陌生的世界。一个小男孩和一个男人,憧憬着北方的天堂,来到这里寻找它。

假如我们的信念稍有退缩,就绝无可能在未知的世界找到只在梦中出现过的地方。我们从未有过丝毫的怀疑。航行在海图没有标记的海面,探索无人踏足的海岸——这才是男子汉的生活!随着陌

日志

生的海岸线在眼前展开,你内心深藏的、对奇妙人生的想象也会突然释放开来。岸边雄奇的峭壁随时可能撞沉你的船。巨浪会把船推上高高的山坡,或许你能抓住一棵云杉树脱险,它已经在那里与风暴顽强地抗争了半个世纪。每天你都会一百次地想到死亡,或者用自己的勇气和力量战胜它。然而当你看到第一个温和的海湾,你的眼前就浮现出完整的梦想画卷。船穿过宁静的水面,进入安全庇护的港湾,靠上海滩。找到建造房屋的位置,伐木垦荒,拥有自己面朝大海的小天地。

这会儿,我们已经划过海湾,正前方出现一片茂密的森林覆盖的海岸。我们用力划桨,小船朝着东面一个向外张开的海湾靠近。突然间,不知从哪里冒出一条马达驱动的小船,朝我们驶来。我们挥手示意,靠拢过去。船上只有一个老人。我们简单地介绍了自己是谁、正在找什么。

"跟我来,"他诚恳地叫道,"我带你们去看一个能住的地方。"他抬手指着远处的海面。顺着他的手指,迎着阳光的方向,是一团深色山峰起伏的小岛。他把我们船上的拖绳扣在自己的船尾,拖着我们向南边驶去。

微风扑面,我们的船头高高地翘出海面,不断拍击着波浪,闪亮的水花不时飞溅在我们身上。我们笔直地迎着耀眼的阳光,不禁哈哈笑起来,不知道自己要被拖到什么地方。陌生的老人始终一言不发,也根本没有回头看我们。他急切地拖着我们向前,似乎担心

日志

我们会要求解开拖绳。终于,他的小岛赫然出现在眼前。巨大的山崖陡峭兀立,我们的目力所及,看不到适合停靠的港湾。直到两只小船绕过北端的岬角,出现一个新月形状的小海湾——我们到了!

多么壮丽的景象啊!两座雄壮的山峰守卫在小海湾的入口两侧,它们退到远处的山脊,逐渐变低合拢,好像一个吊床悬在两山之间。山谷的最低处,恰好与新月形海湾的中心对齐。干净的深色卵石覆盖着圆弧形的海滩,沿着最高的潮位线,散落着被潮水送来的漂流木:亮闪闪的树枝、怪异的树根和断裂的树干。海岸线以上是一条明亮的绿色,再向上都是黑幽幽的森林。这一切的尺度是如此巨大,我们正在疑惑为什么找不到任何房屋,定睛细看才惊讶地发现,刚才误以为石块的东西,原来就是几座小屋。

两只小船都靠上海滩,我们跳上岸,跟着他从海滩向上走,一边四处张望,一边猜想。我的心不停地怦怦乱跳,默默地提醒自己:"这不可能,这不是真的!"

我们脚下绿茵茵的草地,一侧穿过修剪整齐的赤杨林延伸到山脚下,另一侧沿着海岸伸进密林。在砍树清理出的一片开阔地的中央,是老人居住的小木屋。他领我们走进小屋,既干净又舒适。朝南和朝西各有一扇窗子,透进温暖的阳光。一个火炉,窗下一张木桌上整齐地摆着盘子。靠墙摆着几个放食物的搁架,还有一个架子放书和纸。双层床上铺着有彩色条纹的毯子。靴子,枪,烟草盒;一个梯子通向藏杂物的阁楼。

"查拉图斯特拉本人则拉着那个最丑陋者的手,向他展示自己的夜晚世界,那一轮大大的满月和山洞旁银色的瀑布。"[1]

---

1 尼采的《查拉图斯特拉如是说》,第79节"梦游者之歌",此处引用上海人民出版社孙周兴译文。

日志

老人是瑞典人，矮个子，粗壮的身材，谢顶的发型就像中世纪的僧侣。他高颧骨、宽脸膛，有着厚实的嘴唇和尖尖的下巴，小眼睛里闪着幽默的灵光。

"你们瞧，这些全都是我的。你们可以和我住在一起——我，还有南妮。"这会儿，除了他钟爱的南妮，还跟进来一大家子安哥拉山羊——父亲、母亲和孩子们，个个呆头呆脑，用鼻子在屋子里乱拱着找食物。老人还带我们去看小屋旁不远处养狐狸的围栏。几只蓝色的狐狸，挤在角落里警觉地斜盯着我们。我们看到一座原木搭建的山羊房，他告诉我，树林深处还有一间新的、没有启用的山羊房。

"来吧，"他很自豪地说，"给你们看看我的土地证书。都是正规来路，很快我就能从华盛顿领到一个头衔。我已经圈出五十英亩地，都写在我贴的告示上，我倒要瞧瞧，谁能把它从我这儿抢走。"

我们走到一棵高大的云杉树前，树干上钉着一个自带小屋顶的木板，就像神龛一样保护着那份珍贵的文件。可是你瞧，木板上面空荡荡的！钉子上只剩下一小片纸在摇晃。

"比利！南妮！"老人假装生气，朝两个偷吃告示的罪犯摇晃着拳头，原本傻乎乎的山羊站在远处，一脸聪明地望着我们。

"现在，去看看我们的湖吧。"

我们走过一条林间小路，阳光透过挺拔的云杉，洒下斑驳的亮

日志

点。颜色艳丽的蘑菇,像火苗一样散落在幽暗的森林里。左右两侧都是幽深的密林,正前方是两山之间开阔的谷地,阳光照耀着一片湖水。那是一个真正的湖,水面宽广清澈,至少有几英亩大。整座山的倒影铺在水面上,蓝紫色的天空倒影就在我们脚下。空气中没有一丝呼吸打扰平静的水面,没有一片波浪涌向卵石铺成的湖岸。一切都寂静无声,只有远处隐约的海浪声。一切都纹丝不动,只有两只鹰在山顶之上的半空,展开双翅滑翔。啊,多么神圣的时刻!生命总有这样的时刻——任何事都没有发生,只有你的心灵在宁静中舒展。

剩下的时间不多了,我们转过身去。"带我们去看那座小屋,然后我们要赶快回去。"

老人领我们穿过一条捷径,来到他所说的另一座小屋。在树林的阴影覆盖的空地上,立着一座原木搭建的小屋,一扇矮小的门需要弓身才能进去。屋里宽敞但是昏暗,只有一个朝西的小窗。屋里摆着养山羊用的食槽、以前养比利时兔留下的笼子。山墙顶端挂着铁皮做的风车,是松鼠用的跑轮。脚下开裂的地板上盖满了污物。

但是我一眼就看出它改造后的模样,我告诉他:"我们就住在这里。"回到我们的船边,我和他握手,庆祝这么快就找到了理想的住处。他希望我们再多停留一会儿,然而我们必须立刻返回。我答应他,很快就带着所有的生活用品回来。

"我叫奥尔森,我想让你们过来住,我们能处得不错。"

日志

未知的水域

南风越来越强,白浪翻飞。我们满怀喜悦地划过海湾,到达对面的岸边,但还是回来迟了。带我们从苏厄德出来的朋友们,已经结束采摘聚会,正驾着白色的小帆船在海面上寻找我们。我们掉转船头去追赶那条船,直到他们放心地握住了我们疲惫酸痛的胳膊。

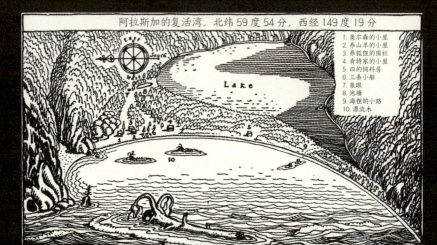

II 到达

我们的日志,从我们正式登上狐狸岛的这一天开始:1918年8月28日,星期三。

上午9点钟,我们在苏厄德的海滩上把小船推下水,把功率3.5马力的"埃文鲁德"牌外置马达在船尾装好,然后开始装船。

既然接下来的一篇篇日志,必然包含我们日常生活中无数的零碎小事,那么我们应当用一张装船带上岛的物品清单,作为故事的开篇。

育空火炉[1] 1个	火炉用的烟囱 4段
扫帚 1把	烤面包用的大盘 1个
淘洗盆 1个	装豆子的罐子 1个
搅拌碗 1个	松节油、亚麻籽油、钉子 若干
汽油 10加仑	大米 10磅

---

[1] 当时淘金者习惯用的一种铁皮炉子。

日志

大麦 5 磅　　　　　　玉米粉 10 磅

燕麦 10 磅　　　　　 玉米渣 10 磅

淀粉 10 磅　　　　　 糖 10 磅

面粉 50 磅　　　　　 麦麸 2 盒

可可粉 6 罐　　　　　茶叶 1 磅

牛奶 1 盒　　　　　　巧克力 8 磅

糖浆 1 加仑　　　　　烹饪油 1 加仑

腌肉 1 块　　　　　　脱水鸡蛋粉 2 罐

烘干豆子 2 罐　　　　柠檬 6 个

煎饼用面粉 2 罐　　　全麦面粉 10 磅

洗面肥皂 6 块　　　　洗衣肥皂 3 块

搪瓷杯子 6 个　　　　搪瓷盘子 4 个

搪瓷碗 4 个　　　　　搪瓷平碟 2 个

罐子 4 个　　　　　　枕头 2 个

平底煎锅 1 个　　　　烤面包的铁皮模 3 个

利马豆 10 磅　　　　 白豆 10 磅

墨西哥豆 5 磅　　　　意大利面 10 磅

西红柿 12 罐　　　　 土豆 100 磅

干豌豆 10 磅　　　　 盐 5 磅

花生酱 1 加仑　　　　柑橘果酱 1 加仑

胡椒、酵母、梅子干 5 磅

日志

杏子 5 磅　　　　胡萝卜 5 磅
洋葱 10 磅　　　　汤 4 罐
蜡烛 12 支　　　　荷兰清洁剂 2 罐
火柴 若干　　　　茶壶 1 把
铁桶 几个

还有一个装满书和颜料的大箱子、一个粗帆布行李袋、一个装衣物的皮箱和其他杂物。所有这些都装上小船之后,船里几乎快容不下我们了。终于,我们在10点钟启航前往狐狸岛,小马达运转良好。

小船驶出大约三英里远,只听"嘭"的一声接着几声怪响,马达熄火了。船一动不动地漂在灰暗的海面上。透过雾气,我们隐约看到距离最近的岸边,有一座渔夫住的小屋,大约有一英里远。我们坐在货物上,拼尽全力划桨。拆下无用的马达、油箱和电池扔进水里,在船里多腾出一点儿空间,划桨也更加顺手。顶着凄惨的蒙蒙细雨,我们向狐狸岛的方向划去。接下来我们尽量严格地对准航向,连我自己都很费解,居然在四个半小时划完了剩下的十二英里。幸运的是,海面非常平静。小洛克威尔简直拯救了我。他今天刚学会怎么操纵沉重的船桨,就连续划了几个小时,几乎没有片刻休息。当我们终于靠上狐狸岛的海滩时,他兴奋得连蹦带跳。

奥尔森帮助我们卸下了物资,暂时存放在他住的小屋里和门廊

日志

造屋

日志

下——对于他,当然值得花费笔墨仔细介绍一番。我们借用他的炉子做了晚饭,当天和第二天晚上,就睡在他屋里的地板上。当自己那座小屋勉强能入住,我们就谢绝了他的热情挽留,住进了全世界最温馨好客、最舒适的屋顶下——它是我们自己的。

奥尔森大约六十五岁[1],他是阿拉斯加最早的拓荒者之一,从东到西走遍了这里。他曾沿着育空河淘金,也曾加入诺姆的第一波淘金热潮,后来他沿着海岸走了一千多英里,设套子和夹具捕猎毛皮贵重的动物。多年来他从未发迹,如今的主要财产,只剩下两对蓝狐狸(养在围栏里)和四只山羊,但是他依然雄心勃勃。他是那种善良随和的老人,像一个知识宝库又不乏真正的睿智。

下页这张地图,显示了我们的狐狸岛庄园的布局。我们父子居住的小屋,是一年多前他为养安哥拉山羊而建的。它是典型的原木交错垒砌的结构,室内长约十七英尺、宽十四英尺。除了很小的一扇门,只有西面墙上一个两英尺见方的窗子,白天也很昏暗。从到达的第二天早晨起,我们就开始动手改建。正如刚才说过的那样,仅仅两天它就变得很适合居住,我们只想要舒适而根本没有考虑过奢华。它今天的模样,是几个星期劳动的成果。要介绍辛苦的改建过程,就要历数我们初到那些天的生活内容。

---

[1] 奥尔森实际是七十一岁,此处肯特所记有误。

日志

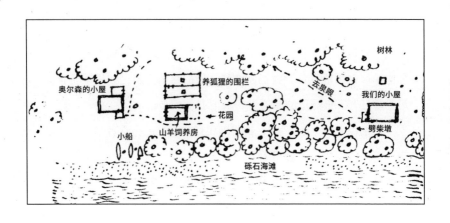

进门前先踏上一块宽大的木板脚垫,这是某个不幸的海难船上的船舱盖板——大海给我们的小礼物。把头低到四英尺六英寸的门框高度,拉开插销,走进屋里。眼前不再昏暗,南面的山墙上新开了一扇有窗框分格的大窗子,照进屋里的不再只是穿过树林的微光。紧挨着窗子下面,是固定的工作台,摆满纸、铅笔、油画笔和颜料。沿着室内的四面墙,各有一道距地板五英尺高的木搁板。进门右手一侧的搁板,摆放装着食物的纸袋、铁皮盘和盒子,左手一侧的搁板放衣物、玩具、颜料和长笛。墙角是一个固定在地板上的老式书架。

现在来介绍我们的小图书馆:

日志

库马拉斯瓦米[1]的《印度散文集》

德文版的《古希腊陶瓶》

《水孩子》[2]

《鲁滨孙漂流记》

《北欧神话史诗》

安森[3]的《环球航行记》

《爱尔兰文学史》

小说《金罐子》

《伊利亚特》《奥德赛》

《安徒生童话集》

《牛津英语诗歌选》

《家庭医药大全》

《布莱克诗集》

《布莱克传》

---

[1] 库马拉斯瓦米（Ananda Coomaraswamy，1877—1947），斯里兰卡作家，早年研究地质学与植物学，后转为向西方介绍印度古代美术。

[2] 《水孩子》（*Water Babies*）是英国作家金斯莱（Charles Kingsley，1819—1875）的著名童话。

[3] 乔治·安森（George Anson，1697—1762），英国海军军官，率领舰队在1740—1744年完成环球航行。

日志

《树居的原始人》《穴居的原始人》《海岛上的原始人》等[1]

《太平洋海岸潮汐时刻表》

《查拉图斯特拉如是说》

《海洋之书》[2]

《丢勒传》（一本小册子）

歌德的《威廉·迈斯特》

挪威探险家南森的《在北方的迷雾中》

西面墙的中央，是一扇位置很低的小窗子，窗下是餐桌。进门之后的左手边是铁皮的育空火炉，炉子后面是另一个摆满食物的搁架。我们脚下的地板，是崭新的、没有刨光的宽木板。炉子左边的木平台就是我们的床。衣服挂在搁板下面，罐子、炊具和盘子架顺着墙摆在搁板上。地上躺着雪鞋和锯子，门背后的小木柜里装着土豆和萝卜，暂且称作地窖吧。一节树干当成坐凳，几个盒子当椅子。这边有几把斧子，那边是多得数不清的靴子。总之，对于一个隐居者的家来说，已经算是目不暇接了！

我们刚到的时候，小屋周围是密密的树林。小屋和海滩之间，

---

[1] 美国女作家道普（Katherine Dopp，1863—1944）的系列儿童读物。
[2] 《海洋之书》（*The Book of Ocean*）是美国博物学家英格索尔（Ernest Ingersoll，1852—1946）撰写的科普读物。

日志

木柴

日志

长满了高大的赤杨和树龄很小的云杉。每一天我们都会砍倒几棵树，开辟道路、拓宽视野。一条条林中小径慢慢扩宽，会聚成开阔的空地，直到阳光洒满小屋，屋子里越来越明亮和干燥——且慢，莫非我把天空的亮光错当成了阳光？我记得初到的三个星期里，只有一两天是晴好的天气。

为了真实地记录我初到岛上那些天的状况，有必要在这里原样抄录奥尔森的日志。

星期日，8月25日。非常好的天气，在露脊湾里抓到两条鲑鱼。今天来了一个艺术家。他要去苏厄德取东西，再回来住下，这个冬天就住在新的小木屋里。

星期三，8月28日。冷，毛毛雨。下午，肯特先生和儿子从苏厄德来了。那些山羊整夜都在屋子外面。

星期四，8月29日。中午12:30，山羊回屋里了。肯特先生忙着把那个小屋修好。一整天和晚上都在下小雨。

星期五，8月30日。好天气，又把山羊赶上山。帮着给新屋子装窗子。

星期六，8月31日。有雾。看见大轮船开向苏厄德。

9月

星期天，1日，绕岛转了一圈，阴天。

日志

　　星期一，2日，大暴雨，东南风。山羊都被关在它们的房子里。

　　星期二，3日，下了一整天小雨。

　　星期三，4日，去苏厄德。

　　星期四，5日，下午1点回到家。

　　星期五，6日，毛毛雨，没有风。

　　星期六，7日，东南风，暴雨。

　　星期日，8日，东南风，大暴雨。

　　星期一，9日，……

　　星期二，10日，……

　　星期三，11日，今年秋天第一次晚上觉得冷，晴天，没有风。

　　星期四，12日，阴天没有风。有拖船往西边去。

　　星期五，13日，轮船下午5:30经过，从南边来。小雨，没有风。

　　星期六，14日，雨非常大，安哥拉母山羊今天早上闹发情。轮船从西边开向苏厄德。

　　星期天，15日，全天大雨，山羊一直在屋里。风暴，东南风。

　　星期一，16日，大风雨，东南风。

　　星期二，17日，全天都下雨，东北风。侧向风吹起大浪。

日志

　　星期三，18日，好天气。肯特先生带儿子今天早上去苏厄德。

　　星期四，19日，全天大雨。轮船下午4点经过，从西边去苏厄德。

　　星期五，20日，全天大雨。

　　星期六，21日，特别大的风雨，东南风，一直在刮侧向风。

　　星期日，22日，轮船下午2点经过，从西边去苏厄德。潮水很高，碰到岸上的草地，沿着海滩的海里翻腾着很多漂流木。见鬼的大雨。

　　星期一，23日，全天下雨。

　　星期二，24日，陆地上的山顶下雪了。一条汽油马达船拖着一条三桅帆船，从西边去苏厄德。今天又下雨了。晚上，肯特先生和儿子回到岛上。

日志

9月14日

　　我停笔不再写了,因为炉中的木柴快要燃尽,寒风从墙上的几十个缝隙钻进屋里。据我所知,施工水平最高的木屋也需要每年一次地用填料塞紧木材之间的缝隙。而我住的这个粗陋的木屋,刻不容缓地需要填堵墙缝。某些缝隙足有四五英寸宽、两英尺长。我们收集了一大堆苔藓,但是一直下雨,没法儿晒干来用。

　　下吧,雨不停地下吧。从这部日志的开始到今天,还没有出现一个晴天。我们来岛上十七天以来,仅有一天没有下雨,只出现过一次没有云层遮蔽的日出。那天我黎明时分就醒来,透过西边能看到海面的小窗子,望着深蓝色的群山和后面玫瑰色的天空。太阳悄悄地升起来,先点亮了山顶和下探的冰川。然后亮斑越来越大,直到其他山峰投来的影子慢慢向下,退到了海面,一座座山峰全部被朝阳照亮。这里美丽的落日余晖持续非常久,太阳小心翼翼地沉入海平面。想想看!冬季的好几个月,在我们的小海湾里都看不到太阳——阳光只能照到高耸的山顶或者很远的群山。没有温暖可亲的太阳,将是怎样奇特的生活呀!

　　你是否能想象拓荒者的生活是多么有趣?来到这样一片土地,最理想的位置任你挑选,砍倒大树建起自己的房屋,规划这里是空场、那里是花园,让荒野变成一个有条理的乐园!当然,我来到的时候,这些都已经实现——基本上吧,但是在密林中砍树开荒、改

日志

睡觉的人

造我的小屋,还是让我品尝到了拓荒的痛快滋味。啊,精彩又充实的生活!

新的一天。门外狂风怒号。今天我用羊毛袜、毛衣和其他一些衣服,塞住了墙上最大的几条缝隙。现在总算是又暖和又舒服!奥尔森来到我的小屋,聊了很久。我相信,他的探险经历足以撑起一部惊心动魄的小说。你只需要如实地转述他讲的一个个狂野的事件,还原它们真实的背景,在地图上标出他沿海岸走过的路线,就

日志

是这片土地最有滋味的真实历史。它一定胜过任何已有的探险故事。他是一位头脑敏锐的哲学家，常有犀利的评判夹杂在情节之中，让你听着他的讲述不由得肃然起敬。

三十多年前，他第一次闯荡阿拉斯加之后回到爱达荷州。一个开小酒馆的朋友慌忙冲到街上，把他拉进自己的酒馆。

"快坐下，奥尔森，给我们从头到尾讲讲阿拉斯加吧。"于是探险者给听众们仔细地讲了他的许多奇遇。等他终于讲完了，他的朋友说道：

"奥尔森，你能写出全世界最伟大的书——如果这些都是你瞎编的就好了。"

喔，窗外的风暴多么可怕啊！

今天晚上我可以放心了。洛克威尔受伤感染的手指已经好转。我给他做了手术处理，他忍着疼，颇有点英雄气概。我能想象在自己的手指上做同样的手术——很深的切口，接近骨头。要处理这种伤口，绝不是说说笑笑的事——除非你是奥尔森那样的硬汉。假如他的眼睛出了毛病惹他心烦，他就会干脆用手指把眼球掏出来——当然不会忘了在眼窝里塞上烟草渣。

已经到了9月18日，星期三

这一天终于有了阳光。我们划船去苏厄德。我们在靠近岸边

日志

的水域停船，想找到上次扔下水的马达。但是浪太大了，只得作罢。苏厄德的海滩上，堆满了最近这场风暴破坏的船。附近冰川的融雪，变成了席卷全城的洪水。城市周边的某些挡墙被冲垮了，一座桥被冲毁，铁路被淹没。医院被洪水包围，几乎要从地基上浮起来。第二天又是倾盆大雨。我们看见在医院里充当护士的修女们，一身黑衣，穿着高过膝盖的长筒靴，蹚着水转移到更安全的地方。接下来的四天，都是狂风暴雨。我自以为妥善地固定好了我的船，但它还是被异常高位的潮水冲上岸，顶住另一条搁浅的船，被码头上冲来的污物紧紧挤在中间。当我把船解救出来，发现它居然没有损坏。

洛克威尔和我，都觉得苏厄德乏味透顶。我们千里迢迢离开纽约的家，不是为了来这样的小城生活。美国能够给予旅行者的，只有壮丽的自然奇观。它所有的城镇，都出自一个模具，或者说同一种理念。无论在美国的东部还是西部，我看不到建筑展现多样的个性、继承任何独特的传统、呼应当地的环境。我所到过的每一座美国城镇、每一座房屋，都在叫着"产自同一家工厂"。阿拉斯加的建筑天理难容地丑陋和乏味，几乎能称得上某种个性——可惜离物极必反的境界还差一点火候。在加拿大落基山脉的荒原上，有一座仅有一条街道的小镇，背后就是高耸的群山。全镇最显眼的建筑，是两三层的"王后旅馆"，俗丽劣质的完美杰作。旅馆和高山！赤裸裸的反差令人叹服。

日志

绞盘

9月3日，我给一位朋友的信中写道："当地人给我的印象，是他们毫无必要地惧怕大海。他们不停地谈论这里的海流和风暴，描述的可怕场景让我和任何一个新英格兰的渔夫都难以想象。但是我的确应当谨慎。奥尔森告诫我，冬天时常会有持续几个星期的坏天气，无法从狐狸岛驾船去苏厄德。好吧，眼见为实，我等着尝试一下被困在岛上的滋味。"

日志

三个星期后——9月24日

星期二，我们仍在苏厄德。早晨的天气平静，时而艳阳、时而阵雨，似乎很适合返回狐狸岛。正是退潮的时候，洛克威尔和我费了很多力气才把小船推下水，把补充的物资装船——也就是说，两大箱各种食品、五十九磅萝卜、一个炉子、五节烟囱、一盒木板、二百英尺长的细木条（截面一英寸宽、两英寸高）、行李箱、雪地鞋和一些零碎杂物。

10点45分，我们出发了。就在这时，太阳躲进了云层，全天它再也没有露面，密集的雨点持续不停。我们划出三英里之后，遇到一位渔夫。他的船拖着我们的船，沿着海岸又驶出三英里，来到他的营地。他热诚地邀请我们"喝一杯茶"——不愧是个英国人。我自己明智的判断是不宜久留，然而盛情难却，一顿丰盛的午餐之后，我们再次出发已经是下午2点15分。

依然飘着牛毛细雨，刮着东北方向的微风，我们还需要划大约七英里。在凯恩角（Caines Head）附近，突然遇到一股强劲的南风，有那么一刻甚至分不清风向。我们把船头对准东面的狐狸岛，却发现正在刮东风，把我们的船向后推。幸运的是，我没有浪费时间，因为预计还会有更不利的强风，我决定顶着风划到上风向，然后全靠快要涨潮的海水把我们推向狐狸岛。我们向前划出了很长一段距离，又被强风压住难以前进。

日志

这时的情况越来越不妙。灰暗的云层压过来,眼看将有大雨。山峰变成接近黑色的深蓝,海面闪着艳丽的黄绿色,强风掀起白色的大浪。我脑子里想到我们可能遭遇的可怕后果,一边拼尽全力划桨,一边小心地注意着背后巨浪拍击峭壁的海岸。洛克威尔已经学会像成人那样划桨,但是在强风和大浪中他非常吃力。所幸,他还没有意识到我们面临的危险。

我们现在行进的方向,和真正的目标成直角的关系。我只有一个念头,那就是在力气用尽之前,尽量远地划到上风向,否则就会被海浪和狂风带到荒凉的海岸而陷入绝境。从上风向的位置,我可以选择在一个安全的海湾靠岸,或者借助顺风接近狐狸岛。风势仍在加强,海面如同大锅里的沸水一般,腾起的水雾中水花飞溅。我弓下腰,使出全身的每一丝力气划着桨。在那个可怕的一刻,我眼前浮现出万一失败的绝望景象。

"父亲,"就在紧要关头,洛克威尔在我身后大声说着,"有时候早上醒来,我假装我的脚趾还在睡,我就让大脚趾先坐起来,因为它是其他脚趾的父亲。"又过了一会儿,洛克威尔似乎有一点恐慌——只有一丁点儿:"你知道吗,我想当个水手,所以我要学会永远都不害怕。"

最终,我们掉转船头,对准狐狸岛。我们必须在一个关键的位置拨正船头,错过机会就不堪设想——我们成功了。正在沸腾的海面似乎被我们激怒,追赶着要吞噬我们。小船被稳稳地托举在波峰

日志

雪王后

上,飞快地滑向狐狸岛,速度令人难以置信。假如没有危险,随海浪摇摆应当是世界上最让人放松、最有趣的运动。我们正要绕过小海湾一侧的岬角,狂风眼看我们将要逃脱,不甘心地最后一次施展威力,推着船的侧面冲向岸边的礁石。我们用了一分钟才让船身顺着风向,离开危险的礁石。然后眼看离海滩只有二十英尺了,奥尔森正拿着拖钩,在海滩上等候着随时把我们的船拉出水面。我们终

日志

于安全靠岸了,我看了一眼手表:5点45分。(最后的四英里,耗费了我们三个小时!)

奥尔森的小船已经倒扣在草地上,用绳子勒紧。我们的船很快也在它旁边安顿好了。这个季节的涨潮和大浪,让我们不得不格外谨慎。

夜里的风越来越猛烈,直到狂风怒号。在床上,洛克威尔和他的父亲,相互紧紧地搂着,一言不发。

9月25日,星期三

全天都是东北风呼啸。我们把屋子里的物品收拾整齐,把非常潮湿的床单和毯子挂在炉子旁烘干。我开始对付一棵云杉树,它顶部茂密的枝叶挡住了我们新加的大窗子外的阳光。如果将它旁边的几棵树也全都砍倒,即便是冬季的阴天,小屋里也会有很多光亮。我这才意识到,新加的大窗是朝南的,这样既不会有直射阳光影响我在屋里画画,也能借到附近山顶后面明亮的天光。

洛克威尔和我锯了一会儿木头,他的力气和耐力总是让我吃惊。他自己读了九页《穴居的原始人》,晚饭后我为他读了九页《鲁滨孙漂流记》。我坐在床上朗读《鲁滨孙漂流记》,他脱掉衣服蜷缩在毯子下面,紧贴着我。这个故事紧紧牵住他少年的幻想,让我们自己的小岛也充满了历险。

日志

9月26日,星期四

这些天的天气如我所料。我快要摸透阿拉斯加这个季节的天气规律了。经常下雨,虽然并不大,但是淅淅沥沥不停。除了炉灶和它背后的墙板,到处都是湿漉漉的。植被都吸饱了水分,木地板生出厚厚的苔藓,踩上去像海绵一样松软。我们把几个星期前收集的苔藓,铺在海滩上晒干之后,用它给墙填缝。工作进展顺利,小屋的两面山墙基本上完成了填缝。防风的效果今晚就立竿见影。我烤饼干的时候,炉火发出的热浪几乎让人难以忍受。白天是例行的家务,劈木柴和取水,做一些信纸和信封。晚饭吃麦片粥、玉米面包、花生酱和茶。为洛克威尔读了六页书,今天的日志写完了。

9月27日,星期五

昨晚一轮明月,今天终于放晴了。我一整天都忙着给木屋的墙填缝,几乎全部完工。还有砍柴、锯树干、给门框加挡条。我自己还做了一个斜切锯盒,把上次从苏厄德买回来的长木条切成段,用来做油画框的边框。洛克威尔自己在海滩上玩船,用他石器时代样式的弓箭,瞄准自己想象中的野兽。每次我一叫,他就乐颠颠地过来帮忙。他始终很高兴也很满意,只是觉得白天实在太短了。

啊,如果是晴天,这里的黄昏和清晨简直妙不可言。太阳不会

日志

猛然跳上天空或者跌入海面，而是来和去都那么悠然缓慢，清晨和黄昏的天空，都铺满宁静的玫瑰色霞光，几乎在中午时分交汇，占满整个白天。透过西面墙上的小窗子，我们望着日出时分海湾对面层层叠叠的群山，从海岸边深色的山峰到远处的冰川和雪峰，都沐浴着你能够想象的最迷人的霞光。

晚饭，吃了一盘奥尔森的山羊奶做的"克莱波"（发音如此）。就是放酸的奶上面盖着它分离出的奶油，黏稠得像果冻一样，洛克威尔连夸："真好吃！"

9月28日，星期六

晴朗的早晨很快转阴，开始下雨。在我写下这些字的时候，正飘着细雨。今天我们仍然完成了很多工作。清理小屋和海滩之间的灌木丛，又砍倒三棵树。把一棵怪物一般粗壮的大树锯开。午饭时分，奥尔森满脸放光地跑进来。他在湖边的树林里，同时看到五只海獭。它们从水里钻出来，走到离他和南妮只有二十英尺远的地方。海獭们尽情戏耍，假如奥尔森手里有照相机，就能够拍下几十张精彩的照片了。

下午，我们看到另一群海獭，卧在海滩尽头的大石头上。它们跳下水，忽而浮出水面，忽而潜入水里。它们一起游向海湾深处，然后互相追逐着游回来，或者在石头之间玩捉迷藏一样的游戏。今

日志

狐狸岛，基奈半岛的复活湾，阿拉斯加

日志

天下午,我准备好了画油画用的木板,准备画在它们的正反两面。

9月29日,星期日

今天我们大刀阔斧地清理上帝的花园,想必它的主人也会很满意。奥尔森也在清理我们的小屋之间、他那一端的原生丛林。大树都从距离地面十到十二英尺高的树干伸出枝杈,长满苔藓的地面干净柔软,现在看上去像一座公园。那棵几天前砍倒的巨树,已经被我全部锯开。我在屋外的空地上把它劈成了木柴。没有它的遮挡,我们的屋子里变得非常明亮。

砍树是一项令人着迷的工作。每当我挥起斧子或者开始单调地拉起横锯,似乎就很难停下来,总是忍不住要再砍一次、再锯一下。在丛林里开辟出营造家园的空间,会让拓荒者燃起火热的生活激情,相比之下普通的劳动则显得沉闷乏味,它总是要先等待别人的喂养。当你看到荒野一天天变化,就会理解为什么一旦开始,就难以罢手。

洛克威尔在琢磨着捕猎,只不过是用最温柔体贴的方式。他想抓住一只野生的小动物作为宠物。我实在不认同他在家里养海胆,终于说服他体谅这个聪明的小动物的感受,放它回归咸水的家园。洛克威尔还给我做盛面包用的铁盘。接下来他开始摆弄奥尔森的一个捕猎盒,想用它来抓喜鹊。这里有很多喜鹊。今天我给自己做了

rocks at the end of the beach. They were in and out of the water, going at times for little excursion swims far out into the harbor, then chasing each other back and playing hide and go seek among the rocks. — This afternoon I prepared all my wood panels to begin my work, painting them on both sides.

Sunday, September 29th. — Fox Island
The Lord must have been pleased with us today for the grand cleaning up we gave this place of his. Olson has begun to work toward me in clearing the steep hill part of the intervening space between our cabins. It begins to look park like

日志

一个油画架，比我以前用过的所有画架都漂亮。又做了一个小搁架，放在我的工作台下面。

今天晚上的小屋非常整洁，即使以再挑剔的眼光看，也称得上舒适宜人。我难以理解，为什么人们需要比这样的小屋更奢华的家。今天基本上是阴天，只有零星小雨。很快，我就可以开始尽情地画油画了。

9月30日，星期一

晴朗的早晨，冷飕飕的北风伴着明媚的阳光。我答应洛克威尔，今天我们先用横锯从一棵大树锯下六段树干，然后就带他去爬山。这项工作眨眼间就完成了。我的衣袋里装上奶酪、巧克力和一块瑞典式的硬面包当作午餐。目标是整个岛上能看到东面的最低的那一段山脊。我们曾误以为，路程不会很长，能轻松爬到山顶，直到某一天晚饭前，我们想用突击的方式冲上山顶，但是直到筋疲力尽，发现山路仍向上延伸，还需要一个小时才能到山顶。

今天我们选了另一条登山线路，虽然艰难但是更利于登顶。沿着溪流，跨过无数倒伏的树干，穿过长着树莓和蓝莓的灌木丛，一路踩着柔软湿润的苔藓。终于，我们登上山顶——来到了山崖的边缘。树木突然消失了，山体也消失了，前方只有离海面四百英尺高的极陡的悬崖。我们向下方和远处眺望，深绿色的海面衬托着仙境一般的群山、雪峰和峡谷。探进海里的岬角，在海面上投下长长的、紫色的影子。云雾像花环一样绕在山腰，白雪覆盖着山顶。

在纯净的空气中，海面和陆地都展露出它们最精微的细节。细小的白浪，在海面上画出一条条纤巧至极的规整图案。陆地的回赠，是苔藓覆盖的坡地和幽暗诱人的森林、平静的海湾、阴影里的峡谷和轮廓优雅的山峰。我们父子的生命中，能有几次这样的时刻呢？

我们顺着山脊，沿着豪猪平日里踩出来的小路，继续向南边走。前方就是岛上两个小海湾之间的那座山峰。向上的坡度非常陡，还有被风暴吹弯的赤杨树丛挡住去路，我觉得对于洛克威尔来说太困难了。我独自向前走出一段探路，又回身和他会合，一起下山回家去。

我们在野红莓的灌木丛中，坐在苔藓上休息。突然看到一只很大很老的豪猪，正在离我们不远处向山坡上爬。我用豪猪"叽叽咕咕"的语言向它说了几句，它似乎很高兴，前腿翘起地坐着，仔细听我的问候，然后直冲我们跑来。我继续用豪猪语言对它讲话。它中途矫正了几次方向——停下来，前腿翘起而坐，辨别我的声音方向。最后来到离洛克威尔只有四五英尺的近前，坐着不动了。

我们忍不住放声大笑，它看上去一脸蠢相。这时候，豪猪似乎感觉不妙，它放下前腿，身上的刺全都立起来，转身想要离开。但是我实在不想轻易地放它走，忍不住要逗弄它一番。我捡起一根树

日志

豪雨

日
志

Monday September 30th.   Fox Island.

The morning brilliant, clear and cold with the wind in the North. I promised Rockwell an excursion when we had cut six sections from a tree with the cross cut saw. It must be the wind. Then with cheese, chocolate and Swedish hard bread in my pocket for a lunch we started for the lowest ridge of the island that overlooks the east. We had always believed this to be a short and easy ascent until one day just before supper we tried it in a mad mood and found, after the greatest exertions in climbing that the ridge lay still the good part of an hour's climb above us. So to-day, though we chose our path more wisely, it proved hard climbing along rough stream beds, across innumerable fallen trees, through alder and bramble and blueberry thickets, and always with the soft oozy moss under foot

76

日志

枝,在后面追着戳它的背,想捡几根掉下来的刺。就在这时,洛克威尔发出一声带哭腔的尖叫。我不得不停下来,诚心地向他道歉,表示我没有恶意要弄伤这个可爱的生命。洛克威尔疯狂地喜爱野生动物,并且丝毫也不害怕它们。我相信,如果有机会,他真的会试验自己提出的"理论",那就是你可以用亲吻让一只愤怒的熊平静下来。

我们回到家,吃了一顿丰盛的午饭。我又劈了一些木柴。然后,来到岛上一个月之后,我终于开始画油画。今天只完成了一幅拙劣的草稿,重要的是我已经开始了!一只鼬鼠从树丛里钻出来,看着我在画架旁忙碌,又跑开了。几只喜鹊端详着我们设的圈套,啄了几下诱饵,立刻敏捷地躲开了。天色转阴,今天夜里很可能有雨。再有一个如此明媚的晴天,是不是过分的奢望?

III 日常

10月1日，星期二

今天果然又在下雨！我们先完成让人着迷的家务，然后顶着小雨继续锯树干。接下来开始当个艺术家。洛克威尔画水彩，而我画油画。洛克威尔已经画了很多张这里的风景，还有他幻想出的奇妙事物。

"嘭"的一声，酵母罐的塞子飞起来撞到屋顶，罐里装着新做的酵母。发酵也是今天家务之一。啤酒花、土豆、面粉、糖、葡萄干和酵母，煮熟后混在瓶子里。

今天还第一次做成"狐狸岛玉米奶酥"。它的秘方如下：

> 两杯玉米渣，在盐水里不停地煮（至少三到四个小时），直到水几乎煮干，加入适量牛奶、两杯奶油酱和奶酪拌匀。混合适量玉米粒之后，浇入一个烤模。顶上抹少许奶酪，然后放进烤炉直到焦黄。

日志

我们把这个秘方无偿地向全世界公布，唯一的条件是使用时必须在菜单上注明其为"狐狸岛玉米奶酥"。

今天我给自己做了一把老式的靠背椅，既舒服又漂亮。

每天我都在读《爱尔兰文学史》，今天读了"迪德莉传奇"[1]，它实在是全世界最凄美也最精彩的故事之一。身处这个与世隔绝的小天地，我们和任何时代、任何文明都没有联系，反而任由我们的喜好，真实地生活在任何一个遥远的世界。洛克威尔这几天变成了一个洞穴里的原始人，拿着石斧和挂着树根的赤杨树枝做的弓，在森林里捕猎某种奇异的野兽。我自己呢，生活在爱尔兰的古代传奇中。

10月2日，星期三

大雨一刻不停。今天的大部分时间，两位艺术家都在忙着自己的作品。洛克威尔在他创作的绘本书里，画出几种新奇的动物。我们洗了澡，我洗完了过去几个星期攒下的脏衣服。

晚上，奥尔森又过来聊了很久。他有无穷无尽的神奇经历，并且是讲故事的高手。今天就是这样——此刻猛烈的雨点仍在单调地敲打着屋顶。

---

[1] "迪德莉传奇"（Deirdre Saga），前基督教时期关于悲剧性女英雄"迪德莉"的爱尔兰神话传说。

日志

I made to-day a grandfather chair for myself. It is as comfortable as beautiful, being somewhat on the lines of the accompanying drawing.

Every day I read in the "History of Irish Literature." The Deirdre Saga I read to-day It must be one of the

日

日志

10月3日,星期四

今天日出时分,天空澄净如洗,9点钟阴云开始集结,然后是断断续续的阵雨。我们拉起亲爱的横锯,先给自己定一个无法完成的目标——然后战胜它。我清理了树丛,面朝南面的山峰有更清晰的视野。下午砍倒另一棵大树。在木框上绷了一会儿油画布。画了一阵油画和墨水画。我感觉,灵感女神正悄悄地回到我身边。

奥尔森、洛克威尔和我拿着撬杠,一起动手把三条盛满雨水的船倒扣过来。我们担心霜冻随时降临。山顶盖满了积雪,山坡上所有的绿色都已经消失。昏暗的季节即将到来。

洛克威尔总是很懂事,又勤劳又快乐。他洗完澡后,实在是个漂亮的孩子!

10月4日,星期五

阳光灿烂的一天,万里无云,刮着北风。这种天气为我们注入了生命力!我和孩子在日出时候起床,吃早饭之前,先用斧子砍树,早饭后我们砍倒了两棵威武的大树(阿拉斯加这一带的大树,直径不过两英尺而已,比起美国大陆西海岸巨大的树逊色许多)。我在画布前工作了一会儿,望着风搅动深绿色的海面,粉红色的山坡上是白皑皑的山顶和早晨金色的天空,却无法用画笔描绘。

夜

日志

我和洛克威尔按捺不住登山的激情,从我们的空地旁的陡坡向上爬。中间停下来回头眺望,海湾、湖和我们开辟出的一小块家园组成一幅摊开的地图。峭壁和陡坡几次拦在我们面前,但是我们想法找到一条路,最终爬上了山顶。山顶有一座长满苔藓的小圆丘,一排挺拔干净的树仿佛围成一座亭子,更远处就是九百英尺下的海面。下山的路上,我们遇到一只正在费力爬坡的豪猪。我们和它玩闹了一阵,看着它爬上一棵树。如果奥尔森在场,一定会劝我们把它抓回家做成晚餐,据说肉味很不错。

下午锯了一阵木头。洛克威尔画他的水彩,我在完成两幅画的草稿,其中一幅很不错。黄昏时分的天空,比白天更壮丽惊人。我们正是为了这样的日子,才来到阿拉斯加!

10月5日,星期六

劳累的一天,献给各种琐事。让洛克威尔独自把一棵树彻底锯开——作为对他没有读书的惩罚。我给东面也就是最后剩的一面墙填缝。画油画,做面包。为室外写生做了一个更舒服的装置,把调色盘(木盒子拆下的一片木板)固定在面前,画布挂在它上面。

洛克威尔认真地接受了惩罚,下午他读了十页书。全天都很阴沉,但是有一股干净清爽的气氛。安森的《环球航行记》里写道,在南美洲最南端的合恩角,高纬度的地区,晴朗的天气很难持续,

日志

看起来这一规律在北半球同样适用。

10月7日，星期一

昨天没有写日志——什么事也没有发生，除了下雨。奥尔森的日志里形容"见鬼一般的雨"。

这会儿风暴更强了，风首先从西面袭击我们的小屋，然后是北面、东面和南面。我们的小海湾里强风卷过，浊浪翻滚。一条掌控稍有闪失的船，会被这种侧向强风吹得在海面上不停地转圈。奥尔森大半天都待在我们这里，孤单的老头儿！看到他进来，我停下墨水画，开始在木框上绷油画布，然后和他一起连着打了几个哈欠。洛克威尔喜欢奥尔森过来，让我们的小屋里多些新鲜事儿。他的好心情可真是没边儿，他全神贯注地画了几个小时的画，读了一会儿书，然后一边玩一边自言自语。

我们玩起打架游戏来才叫热闹。洛克威尔用他最大的力气攻击我，我自卫还击。我们一起高高兴兴地洗餐具，比赛究竟是洗碗机（也就是我）洗得快，还是洛克威尔擦干得更快。比赛还没结束，他就笑着摔在地板上。我抓住这个拼命挣扎的小动物，把他的双手和双脚摁在地板上，然后痛快地揍他一顿。有时候我会用一根劈柴，使出些力气来打。我打得越狠，洛克威尔反而越高兴——从来没有疼到让他受不住。

Rockwell drew and I made two more sketches — me a good one. The evening at Sundown was more brilliant even than the day. For such days as this we have come to Alaska!

Saturday, October 5th, 1918, Fox Island.
    A hard day full of little bits of work. Sawed up a tree almost to punish Rockwell! for not studying

日志

这就是今天的游戏。我在艺术上的成果，主要在工作台上完成。昨天和今天我都一直在画墨水画，灵感不断地喷涌。在所有日常杂务当中，做饭似乎是最轻松的。你或许能想象，我们的饮食非常简朴，恐怕连胡佛先生[1]派出的检查员也挑不出毛病，只能失望地走开。以下是我们每天的食谱：

早饭（永恒不变）
　　燕麦片、热可可
　　面包和花生酱

午饭
　　豆子（某一种豆子的某一种做法）
　　或者狐狸岛玉米奶酥
　　或者意大利面或者豌豆粒
　　或者炖蔬菜（胡萝卜、土豆）
　　土豆或者大米
　　经常有杏子或者苹果（水果干）

---

[1] 赫伯特·胡佛（Herbert Hoover，1874—1964），美国第三十一任总统。1917年美国加入第一次世界大战之时，胡佛被威尔逊总统任命为"国家食品委员会"主席，负责战争期间全国的食品调配。胡佛号召所有美国人从爱国主义的高度，最大限度地节约粮食，并且少吃肉食。

日志

> And let us here record that to this date we have had not the least little sickness, only glowing health and good spirits.

晚饭（永恒不变）

　　面粉粥

　　玉米面包配花生酱或者柑橘果酱

　　爸爸喝茶，儿子喝牛奶

　　不定时的饭后甜点：炖水果、巧克力

　　偶尔有奥尔森送来的礼物：山羊奶做的奶酪

值得一记的是，截至今天我们没染上一丁儿疾病——只有健壮的身体和饱满的精神。

日志

10月8日,星期二

雨!但是对我们毫无影响。每个人都心情愉快。屋里暖和又干燥,我们有许多食物可吃,也有许多乐事可做。

奥尔森的小船又盛了半船水,我们把它和另一条小船都翻过来倒扣着。我用木框绷画布,刷底料。读完了安森的《环球航行记》,一本引人入胜的书!将近黄昏,天似乎要放晴。我们正在锯木头,太阳洒下一片光芒,但是很快就被阵雨赶回云层里。我期待明天会转晴,然而——

10月9日,星期三

好天气仍然遥遥无期。下午始终阴沉,落日时分西边天空灿烂的霞光或许是天气变好的预兆。奥尔森说,今天晚上他养的狐狸不肯吃食,每次这样都预示有好天气——狐狸习惯在阴雨天吃东西,晴天不进食。

今天上午大雨如注,我们在屋里工作。午饭后,我们来到海滩,把正对着我们小屋旁的一堆木头,搬到奥尔森的小屋附近——只为让我们眺望海面的视野更好。然后锯了一会儿木头,把已经劈完的木柴全都堆好,准备冬天使用。我们已经积攒了五十段烧火炉的短木柴,大约够用一个半月。我画油画直到傍晚,完成两幅不错

荒野

的草稿。

夜晚变得更冷。过去这几天，离我们最近的两座山上，积雪已经盖住山体一半的高度。再过几个星期，整座山都会被白雪覆盖。一片迷人的美景，让你忍不住想爬上山，顺着光洁的雪坡滑下来。如果你真的尝试，却会遇到无法翻越的悬崖和裂缝，只得在刺骨的寒风中退缩。洛克威尔今天读完了他的第二本书——《穴居的原始人》。

午夜通告：阴云消散，清澈的天空繁星点点。

10月10日，星期四

又在下雨！全天始终阴沉沉，但是空气清新，能见度很好。一天劳累的工作等着我们。清除我们的和奥尔森的小屋之间的矮树林，把砍下的树枝搬到海滩上然后点起一大堆火烧掉。夜幕降临，我们在火堆里添了一些粗树干，火焰在瓢泼大雨中依然欢腾，照亮周围的树林，真是一幅狂野的画面。我们锯了一小会儿木头，总是要保证燃料有充裕的储备。洛克威尔几乎跟着劳累了一整天，他上床之后，我给他读了一小时的书。他喜欢听读诗。

我们精心地做了一个圈套想抓喜鹊，却被这只鸟羞辱了。它机灵地绕着圈套转了几圈，探头探脑地盯着诱饵，猛地跳过去叼起诱饵飞走了。

日志

洛克威尔的一幅画

日志

今天完成一幅我很满意的小画稿，第一次试用我在这里自制的画布，发现需要更多底料。工作！工作！

10月11日，星期五

我们原本计划今天去苏厄德。虽然有阵雨，但是几乎没有风。奥尔森准备驾他的船，把我们的小船拖到凯恩角。上午时分我们正准备出发，雨势变猛。我们等到下午才出发，驶出大约半英里，他的马达出了故障，最终我们只得灰溜溜地回来。我划奥尔森的船载着他和他的马达，洛克威尔划着我们的船。如果不是天色已晚，我们或许会划船去苏厄德。

我们养了一只喜鹊。我看见它跳着进了奥尔森的小屋，立刻跑过去关上门，就这样捉住了它。我们特意在门边的山墙上钉了一块木板，把捕猎盒做的笼子放在上面，它在笼子里焦躁地乱叫乱啄。这是一只公的小喜鹊，我们希望训练它学说几句话。奥尔森说，这些鸟天生就会说脏话。洛克威尔终于有了一个宠物。

真希望风平浪静的好天气能持续！今晚又是晴朗的星空——然而我们从来都不能预测天气，只能整理好行李，为明天上午出发做好准备。

日志

is still quite impossible, rough and at sort-out. We built a large cage for the Magpie, he was so restless in his small one. And now he's quite contented.

Rockwell said to-day that he would like to live here always. That when he was grown he'd come here with his many children and me, if I was not dead, and stay. — It is hard to write, it is hard to work, with the trip to Seward at hand. Olsen says it is Sunday. I think he's right. Somehow I've missed a day.

日志

10月12日，星期六

　　岛上天气晴朗，风很小，但是海湾里北风强劲，这样逆风划船去苏厄德实在困难。我们仍然整装待发，一有机会就出海。今天上午，奥尔森砍掉了我们小屋周围的树上离地十英尺以下的树枝，这样我们和群山的美景之间，只剩下一根根细挺的树干。整个下午我都在画油画，我自制的画布仍然无可救药——颗粒太粗并且渗透性太强。喜鹊在小笼子里躁动不安，我们给它做了一个大笼子。现在它似乎很满足。

　　洛克威尔今天说，他想以后就住在这里。等他长大了，他要带着自己的一大群孩子来这里生活，还有我，如果我那时候还活着。我心里总想着去苏厄德，无法安心作画和写日志。奥尔森说今天是星期天，或许他是对的，不知怎么我漏记了一天。

10月13日，星期日

　　（我暂且按照目前的日期写日志，直到去苏厄德核对准确的日期。）

　　阳光灿烂的一天，西北风呼啸。总有一天我要用一幅美妙的画来赞颂西北风，它象征洁净强健、活力饱满的生命，象征每一件新生的事物，它的翅膀承载着力量和胜利的意志。

日志

我回想起在缅因州的莫西干岛，也是这样一个寒风呼啸的晴天。一切有生命的东西都从自己的房屋或者洞穴里钻出来，尽情呼吸和赞颂洁净的空气。当你站在山崖边，眺望碧绿的海面和远处隐约的陆地，便可欣喜地饱览视野里无穷的细节：远处清晰可见的船只、深蓝色的小岛、岛上闪亮的城镇、如画的森林和牧场，你的思想瞬间飞跃到上百英里之外，愈发欣喜地看到整个世界最遥远的山脉和更远的地方。就在此时，某位艺术家钻出洞穴，用手拢在额头前眯起眼睛，用抱怨来问候新的一天："这样锐利的景象，让人怎么作画呢？这一点儿也不神秘，更谈不上美。"这个热爱雾气的艺术家，只得缩回洞穴，等待大地上病态的魔法降临。

今天早晨，喜鹊在唱歌——或许是在朗诵诗吧，它的喉咙发出既兴奋又愉快的怪叫——要知道它是被关在笼子里呀！另外三个人都在疯狂地工作。下午5点30分，奥尔森终于要休息了，他说道："嗨，你们今天真是做了不少事啊。"我砍倒了三棵小的云杉树，全部劈成木柴。然后天黑下来，准备晚饭。

但是我们何时能去苏厄德呢？我的背包已经收拾停当，奥尔森每天一起床就去检查他的马达。风总会及时地减弱。我们望见强风卷过外面的海湾，海面就像磨坊前水渠里湍急的水流。今天大风亲临我们旁边的小海湾。

洛克威尔喜欢去树林里漫无目的地探险，他在灌木丛上发现山羊的羊毛，跟踪豪猪的脚印找到它们的洞，今天他还看到一只豪

日志

日出

猪。每次从树林里回来,他都有惊人的发现,等不及下一次探险。今天他在练习写东西。他说他的梦里有许多精彩的故事,假如他能写下来的话,一定是几大本厚厚的故事书。

10月15日,星期二

昨天我们离开狐狸岛。天色阴沉但是没有风,只有间歇的阵雨。奥尔森的船把我们拖到凯恩角。从那里开始,我们用力划桨。洛克威尔就像一个老练的船夫,事实上,他现在已经配得上这个职业。我们停在离苏厄德不远的营地,取回8月里我们寄存的出故障的马达,还有那里长的一些萝卜和几棵很壮实的生菜。

夜里东南风伴着大雨。晚上我们在邮局局长家度过,我吹长笛,局长的女儿用钢琴伴奏,贝多芬、巴赫、海顿、格鲁克和柴可夫斯基。就像在家里的旧日时光,妙不可言,直到午夜时分。洛克威尔提前睡着了,他闭着眼睛享用了一片杏子馅饼和一杯牛奶。然后我们带着两罐腌渍的野醋栗回到住处。我看完几封信,上床去睡。屋外狂风呼啸,我没有丝毫睡意,担心小船被吹走。于是起身穿好衣服,来到海滩。我们的船安放得很牢固,但是位置太低,我费尽气力把它拖到涨潮肯定淹不到的地方。

今天一直在下雨。我出去买了一些零碎的补给物品,然后去做

日志

历险

日志

兵役登记。[1]

今天的头等大事,是那个坏了的马达恢复运转,这样我们就能轻松地返回狐狸岛了。我对船用的外置马达一无所知,但是驶入真正凶险的海域之前的八英里航程,足够我学会怎么对付它。今晚我和洛克威尔在一个年轻人家里度过,我们对他都很有好感。更重要的是,我喜欢的一个年轻的德国机械师,也是他的朋友。我们四个人整晚都坐在大壁炉前唱歌,他的房子是原木垒砌的,坐落在城市和荒野的交界处。城里有几座这样的小屋,它们好客的壁炉证明,即便苏厄德这样俗气的沙漠里,也有星星点点的绿洲。

这会儿我坐在自己的旅馆房间里,洛克威尔在床上睡熟了。已过午夜,我想起家里亲爱的朋友们,向他们遥祝晚安。

10月17日,星期四

昨天在苏厄德平淡地度过。我们有时候在旅馆房间里写信,有时候去街上的商店看看。大雨伴着东南风。晚上和德国朋友鲍姆一起度过。我们商量出一个在苏厄德和狐狸岛之间发送消息的办法,

---

[1] 1917年美国向德国宣战之后,国会通过兵役登记法案,二十一至三十岁之间的男性都必须进行兵役登记并服役十二个月。1918年8月,年龄上限提高到四十五岁(肯特当时三十六岁)。1920年取消兵役登记制度,1980年再度恢复。

日志

尤其是向我发送战争结束的消息——在城市最高处的房子里装上大功率的电灯,在约定的时间用灯光的亮灭和长短变化,传递我和他都熟悉的莫尔斯电码,而我会在狐狸岛用望远镜观察。

今天晚上,洛克威尔和我沿着海滩走了大约四分之一英里,找到一处俯瞰海湾的制高点,点燃一堆篝火。与此同时,鲍姆在城里用望远镜观察火光。接下来的星期天晚上,如果是晴天,我们会在狐狸岛等候他发出的信号。困难在于如何从苏厄德的城市灯光当中,分辨出他操纵的灯光。

早晨9点45分,我们离开苏厄德。小船里装着大约一千磅货物——包括我们自己。3.5马力的小马达运转得无可挑剔。我们到达狐狸岛,只用了两小时十五分钟。起初风平浪静,驶过凯恩角开始起北风。

狐狸岛上有一位访客。昨天夜里另外两位访客离开去了苏厄德。他们原本计划驾船绕过复活湾西侧的海角,但是因为星期一的大风暴而改变了航向,临时来狐狸岛躲避。仍留在这里的老人告诉我,他已经在阿拉斯加生活了二十年,第一次遇到如此可怕的天气。这是个好消息。从距离山脚几百英尺高的山腰直到山顶,苏厄德周围的群山都被白雪覆盖。我实在太累了,今天就写到这里。我到达苏厄德后,偶然发现自己记录的日期是正确的。

差一点忘了交代我们的损失。可怜的喜鹊,躺在笼子里死了。我猜是风暴来临的时候,奥尔森忘了盖住鸟笼。洛克威尔刚跳上

日志

岸,就跑去看他的宠物。他伤心地哭了很久,最终安慰自己的办法是为喜鹊举办了一场很体面的葬礼,还在坟墓前立了一个木头的小十字架。

10月18日,星期五

"亲爱的月亮,你悄悄地穿过夜晚的云。"[1]

今天的夜色美得难以想象。整个海湾铺满银灿灿的月光,旁边山顶的积雪在银光映照下,显得比雪本身更白。满月就挂在几乎是我们头顶正上方的天空,寂静的月光越过高高的树冠,洒在我们小屋前的空地上。一个个老树桩在月光下,显得很可爱。周围漆黑的密林,就像神秘莫测的深渊。

已经将近10点钟,但是洛克威尔还没有睡。今天是他的生日——只不过这是我们擅自挑选的。他的一件生日礼物是伍德的《自然史》的廉价儿童版。这本书和里面的许多插图,把各种奇怪的动物带进他的梦里。

今天晚上我开始教他唱歌。先试了勃拉姆斯的《摇篮曲》,效果甚微。又试了德国民歌《睡吧,小宝贝,睡吧》,这次好一些。包

---

[1] 原文为德语,是一首民间儿歌的歌词。

括这两首在内的配了英文词的德语歌,都出自我为他买的一本歌曲书。但愿我以后有耐心,教洛克威尔学会唱歌。

奥尔森的小屋里住着另外三个人,两个年轻一些的,昨天去了苏厄德今天又回到狐狸岛。其中一人是埃姆斯威勒,这一带远近有名的向导。晚饭后我和他们聊了一小时有趣的话题。奥尔森今天告诉我,他七十一岁。我们的小屋里飘着刚烤好的面包的香味。做面包、劈柴、补袜子和做书架,还有整理屋子和其他杂事,填满我一整天劳动的内容。我的内心提醒自己荒废了一天,这会儿我应当画一会儿画再去睡觉。

10月19日,星期六

今天上午阴,有风。下午转晴,风也彻底停了,树枝纹丝不动,山峰倒映在平静的海面上。那三位客人离开了,我很高兴——并不是因为他们有什么令人讨厌之处,而是我不愿意外人来打扰这里的宁静。

埃姆斯威勒替奥尔森宰了一只山羊,所以岛上少了一位居民。今天我砍倒一棵大树,磨好横锯,准备把它锯开。今天的夕阳,展现了极致的辉煌,太阳消失之后,火红的云霞仿佛在闪着绿光的天空中熊熊燃烧。冬天将至,我们看到太阳的机会越来越稀罕。它现在落下的方向,靠近小海湾南侧的岬角。

日
志

Immediately my dates proved to be correct when I reached Seward.

Oh! I've almost forgotten our loss. The poor magpie lay dead on the floor of his cage. So we found him. Killed I believe, by the storm - for Olsen neglected to cover him. Rockwell, who, straight on landing, had run there light hearted, but finally found much consolation in giving him a very decent burial and marking the spot with a wooden cross.

Friday October 18th. Fox Island.

"Guter Mond, du gehst so stille
Durch die Abend Wolken hin."

The night is beautiful beyond thought. All the bay is flooded with moonlight and in that pale light the snowy

日
志

felled a large tree to-day and later sharpened the cross-cut saw preparatory to cutting it up. To-night the sun set in the utmost splendor and left in its wake blazing, fire-red clouds in a sky of luminous green. Not many more days shall we see the sun; it sets now close to the Southern head-land of our cove.

This is the sky-line of the island to the south. It is these mountains that hide the sun from us. Rockwell works every day on his wild animal book. To obtain absolutely new and original names for his strange creatures he has devised an interesting method. With eyes closed he points a name or perhaps rather a group of miscellaneous letters. Naturally

日志

洛克威尔每天都忙着画他自己的书，里面全都是神奇的动物。他发明了一种好办法，为他创造的动物找到最独特的名字。他闭着眼睛，在纸上随手写下一个词或者一堆混乱的字母。很显然，他睁开眼看到的名字，会让他自己吓一跳。

10月20日，星期日

一整天都是灿烂的阳光和凛冽的西北风，我交替地在画布前工作、劈木柴。在这样的天气里，你忍不住要到室外去画画，然而寒风刺骨，在室外你又无法站着不动。

晚上8点钟，我和洛克威尔刚刚从海滩上回到小屋。我们试图接受朋友从苏厄德发来的灯光信息，事实证明根本辨认不出任何特定的灯光。月亮高悬在半空，照亮了起伏的山顶，但是我们的小屋和小海湾都被罩在阴影里。真是一幅最富戏剧性的画面：周围的云杉树林投下漆黑的阴影，山顶的岩石却在月光下闪亮，天空几乎像白昼一样明亮。奥尔森送来几块羊肉做晚饭，我们吃过后，几乎分辨不出是山羊肉还是绵羊肉。

接近黄昏时分，一艘马达驱动的小船从海湾经过，驶向苏厄德。然而在强风中它开始向后退，我们最后看到它的时候，它似乎想到狐狸岛或者更靠近外海的荒岛上暂避。很显然，今天夜里复活湾里狂风大作，然而外海却风平浪静，这很值得我们警惕。我们朝

日志

海湾对面的熊冰川方向望去,虽然它被一块陆地挡住了,但是仍然能看到北风席卷冰川而下,一团团雪雾冲向海边,就像强风掀起的白浪。

10月21日,星期一

夜已经很深了,我只能写一点儿就去睡。今天仍是如画的天气,金色的朝霞和落日、碧蓝的天空和西北风。我画油画、锯木头,还做了一个六条腿的锯架,非常合用。

奥尔森觉得我已经砍够了整个冬天要用的木柴,但是我自己认为还远远不够。洛克威尔一整天都低着头,很认真地画自己的动物绘本书,今天是几只奇特又漂亮的鸟。早晨的地面冻成了一层硬壳,直到傍晚都没有化冻。夜里非常冷。冬天终于降临了,漫长的冬天。太阳每天退缩在山背后的时间变得更长。目送太阳落下,我有一种莫名的担心,它不会再升起。我们没有再看到昨天躲避风暴的船,我相信那些人暂避在狐狸岛的另一个小海湾内。

10月22日,星期二

一整天繁忙的劳动,为冬天做好最后的准备。冬天已经来到门前,今天下雪了。我们预备好了足够一星期用的木柴,把一

日志

段段原木树干堆在墙外。用麻的纤维塞紧屋檐下墙面上的缝隙，以防漏风。装好另一个火炉，就像专业的工人那样精细地在屋顶上安装烟囱。修补屋顶上破损的地方——即便如此，暴风雪仍难免渗透屋顶而漏水。在小屋的两侧墙外，堆起高高的灌木枝。现在，我们的家远比奥尔森的小屋更舒适，为冬天做的准备也更充足。

洛克威尔这个帮手，着实起了很大的作用。这个秋天，他明显地长大了——今天晚上奥尔森也在感慨，某些时候他几乎能干成人的活儿。他和我拉横锯的时候，从来不会喊累。今天始终阴沉，寒风凛冽，但这种天气正适合我们痛快地大干一场。

10月23日，星期三

现在终于可以把那本愚蠢的《鲁滨孙漂流记》搁在一边，虽然还剩下差不多十页没有读——开始读史蒂文森的《金银岛》。我的日志对于读书只能写得很简短。夜晚正在明显地变长。我们不知道起床或上床睡觉的准确时刻。我们的计时装置，是售价一美元的英格索尔牌钟，最初的主人用到破旧之后，把它送给了奥尔森。一年多来，在奥尔森的摇晃催促之下，它走走停停，直到奥尔森彻底绝望，又把它送给洛克威尔。滴进几滴煤

日志

油,它当然能再走起来,但仍是跌跌撞撞。

我凭借自己的感觉,估计这些天早上7点半到8点之间日出,晚上6点之前日落。但是日落之后,西边的天空仍会亮很长一段时间。我们无疑已经进入标准的冬季。至于气温——我能信任奥尔森吗?今天上午他来到我们的小屋,一边冷得打哆嗦一边问:"你们受得了这儿的冬天吗?"而当时的气温我猜不过25度[1]而已,他却嚷着很冷,还说这就是冬季白天正常的温度。我不禁怀疑,冰封的阿拉斯加就像雾气和白雪包裹的纽芬兰,都只是美化后的传说。

上午劈柴的工作之后,我立刻投入画画。现在我已经完全进入创作状态,开始的几幅小尺寸油画效果很好。这一点既让我欣慰也让我觉得有压力,从此我无法再彻底自由自在了。午饭后,洛克威尔和我绕着湖岸,在树林里短暂地散步。在湖的南端我吃惊地发现,狐狸岛东部的山看上去距离我们那么近,初到的人会误以为一个小时就能爬上山顶。

今天我读完了卡尔送给我的《爱尔兰文学史》。这本书帮助大众了解到,爱尔兰和德国之间的友谊具有坚实的基础。唯有德国学者们尊重爱尔兰独特的文明,并且细心地记录和研究。

---

[1] 美国使用华氏温度,25度约合零下4摄氏度。

日志

have told them from camp. This afternoon late a small power boat appeared in the bay attempting to make its way toward Sound. After some progress the wind forced her steady and swiftly back. When we last saw her she seemed to be trying to make the shelter of one island or one of the outer islands, while driving steadily seaward. It's a wild night to be out, though doubtless calm at sea. It is such an adventure that we must be on our guard against. As we look across the bay toward Bear glacier, which is hidden by a point of land we can see the effect of the north wind sweeping down the glacier in a vast driving toward the sea. It is nothing less than the fine spray of that wind-swept water

日志

I finished to-day "the Literary History of Ireland" that Carl gave me. It might do the public some good to learn, as one does in this work, that there is ground for German-Irish friendship, in that German scholars stand almost alone in the respect in which they have held Irish civilization and in the study they have given its records. — The day has been beautiful. The slight fall of snow from last night still lies upon the ground and on the across-the-water mountains like a gray veil. And the wind that all day blew now rages.

日志

昨晚下的小雪像一张灰色的面纱，覆盖着地面和海湾对面的山坡。持续了整个白天的风，夜里变得很狂暴。

10月24日，星期四

这种"气密式"火炉带给我们难以想象的舒适。我们在炉膛里填进各种尺寸的木柴，然后不用再照管，只需调节风门，它就会稳定地释放热量。只要有充足的木材，整个夜晚炉膛里都会保持闷烧，而一旦打开炉门，又会燃起复苏的火焰。某些时候，我们也很方便地在它上面做饭。

今天是我劳累的一天，劈木柴、烤面包，还在三张画布上画油画。我对今天画布上的成果非常自豪，只不过明天就会对同样的画皱起眉头。奥尔森召唤我过去，帮他给一只狐狸做手术。这只野兽的"肘部"，长了一个鸡蛋大小的肿块。他紧紧按住狐狸，我切开两英寸长的口子，取出一团脂肪和软骨，我知道这叫作"脂肪瘤"。这只狐狸一开始被抓住的时候稍有反抗，在手术的整个过程中都很安静。

今天我们做了"狐狸岛玉米奶酥"，和从前一样大获成功。面包也无可挑剔，我用啤酒花做的酵母劲道十足。——今天的天气又是美得难以描述。日落时分，似乎快要下雪，但是天黑

日誌

Fox Island, October 24th, Thursday.

This creature, the "zit-light" is the greatest comfort imaginable. The pile is full of chunks of wood of every size and then forget it all but the steady warmth that is regulated by the dampers. Filled with wood it will smoulder the night through and burst again into flame at the opening of the draught. The cork in it too when it is more convenient. — To-day was a day of hard work - for me. I cut wood, baked bread and painted on three canvasses. One to-days painting I'm filled with pride; it will be equalled

之后，强劲的北风又起。这几天奥尔森一直在等待合适的天气去苏厄德。冬天不但路途当中可能遇到危险，即便到达苏厄德，也可能被坏天气困在那里，搭上几个星期的时间和花销。

10月25日，星期五

全天都是阴沉有风，但是并不太冷。昨晚的月亮周围有一圈很宽的光晕，通常预示第二天会有风暴。我们的屋里有充足的木柴，已经劈好的木柴牢靠地堆在墙外。今天我刻了一块麻胶板，为木刻版画做准备。油画也颇有成果。洛克威尔用好几个小时，画了一张他幻想的海岛地图，实在太有趣了。

10月26日，星期六

阴沉凄惨的一天，狂风暴雪交加，最糟糕的是，一整天什么事也没有做。住在另一个小海湾附近的那几个人，仍没有离开。他们沿着海岸来到另一个小海湾，没有发现失踪的船。几星期前，一条残破的小帆船经过这里驶向苏厄德，他们现在推测自己的船被那条帆船上的某些船员偷走了。

日志

Friday, October 25th, Fox Island.

Emanuel, the guide mentioned in these pages a few days back came to the island this morning with another man. They're in search of that man's boat which disappeared from Seward last Sunday. The boat we saw from here on Sunday struggling against the wind answers the description of the lost boat. Who was aboard of her? Had she been picked up adrift and was she being taken back to Seward? Or - as Emanuel suggests - was she stolen, perhaps by men attempting to evade the draft? In any case she's still in some cove of this bay, in hiding or disabled. or she has put to sea and escaped. There is too the chance that she was wrecked Sunday night. It was too rough to-day to continue the search. The men are stopping with Olsen.

日志

10月27日，星期日

令人沮丧的一天，不太冷但是很潮湿。阴云密布，间歇有雨。尽管上午风刮得正紧，那两个外来者还是离开了狐狸岛。他们希望在苏厄德东侧的海滩靠岸。我一整天都在切木条，把它们钉成边框，再绷好画布。只做完了四个，还需要刷第二次底料。

洛克威尔在写信。真遗憾，我们必须遵从拼写标准。洛克威尔总是根据他知道的发音，自由地编造词的拼写，结果必然是各种逗乐的怪词。他的动物绘本书上的拼写错误，就让它们留在那里吧。今天，他布置了一个捉豪猪的捕猎盒，他想要一只宠物，他觉得可以教会豪猪像狗一样听话地跟在他身后。假如他能成功，我们无疑会带这只宠物回纽约。

10月28日，星期一

平静而阴沉的一天。奥尔森应当今天出发去苏厄德，可惜他起床后耽搁太久，只得再等到明天。晚上我写完许多封信，已经浑身疲惫，所幸今天没有什么值得记录的事。在一张画布前耗掉一整天，但是毫无灵感。做了一小会儿木刻，给余下的画布上第二遍底料，就是这些。

洛克威尔倒是精神十足，露着膝盖跑来跑去，因为他没有长筒的羊毛袜子。在他的膝盖觉得冷之前，他可以一直穿我的袜子，或许他宁愿像罗布·罗伊[1]那样用兽皮裹住小腿。两天前我给他读完了《金银岛》，现在我们开始读《水孩子》，正是他和我都喜欢的书。

10月29日，星期二

奥尔森终于去苏厄德了！今天一丝风也没有。上午出发前，他用枪打死一只松鸡送给我们，却换来洛克威尔大哭一场，他善良的小小心灵没有过错。为了满足人的口腹之欲，就夺走树林里某些居民的生命，人难道不应当觉得羞耻吗？淳朴热心的奥尔森，绝不是滥杀动物的那种人。然而，即便是某些必要的情况下，猎杀周围的野生动物仍是不折不扣的野蛮行为。洛克威尔天生就喜爱每一样有生命的东西。他一半是游戏另一半是真诚地认为，所有生命都是他的孩子，而这一点足以让我们这些成年人感到羞耻。

1　罗布·罗伊（Rob Roy），传说中17世纪苏格兰的侠盗。

日
志

I wanted she goes to-night and might little she gave me. The foxes are not to be fed 'til the day after to-morrow. — and it looks promising for Olsen's quick return. Still I have full directions for the care of all the creatures.

This is SQUIRLIE.

Squirlie is Rockwell's pet, brought from home with us. It sleeps every night close in Rockwell's (his mother's) arms I begin to almost believe in it myself.

Wednesday, October 30th, Fox Island.

It must be almost morning. We go now without any time-piece; get up at daylight or later, eat when we are hungry — tho' breakfast we have

白天我几乎都在画,但是对于画油画来讲,光线实在太暗了。在这样一个阴沉的天气,太阳躲在云层后面不知何处,但是无疑还在山背后。周围有树林遮挡的小木屋里,除了靠近窗口的位置,连读书都嫌昏暗。晚上我去挤羊奶,但是只挤出可怜的那么一丁点儿。后天才需要喂狐狸——那时候奥尔森很可能已经回来了。对于能不能迅速返回,他并没有把握,所以临走前仔细地叮嘱我怎么照看他的动物们。

我们从家里带来的小松鼠,现在是洛克威尔的宠物。每天晚上,小松鼠都睡在他的两个手臂之间,它显然把洛克威尔当成妈妈,我基本上也相信是这样。

10月30日,星期三

差不多快到早晨了吧。现在我们过着没有计时工具的生活,看到天色放亮(或者再晚一些)就起床,什么时候觉得饿就吃饭,我们早饭吃得很饱。晚饭之后我给洛克威尔读十几页到三十页书。然后我写信或者日志,画墨水画,自己读一会儿书,毫无钟点概念地上床去睡。

今天晚上我完成了一幅墨水画,还有一幅木刻的底稿。木板的表面画上去很顺手。

日志

　　白天在紧张的忙碌中度过，我几乎一直在画油画，日常家务连带照看山羊和挤奶，似乎根本没有占用我的时间。洛克威尔连着几个小时在自己看书。这些天我们都一边吃饭一边读书。这是个极好的主意，可以让饥饿的人吃起饭来有所节制，至少能让我每天有一些固定的阅读时间。

　　奥尔森今天显然无法回来，猛烈的东北风似乎永远也不会停歇。洛克威尔和那些山羊相处得越来越融洽。公山羊比利抬起两只前腿，只用后腿站着，露出几分凶狠的模样跳起舞来。洛克威尔高兴地跟着手舞足蹈。

10月31日，星期四

　　雨夹雪。奥尔森仍在苏厄德。像这样的天气里——尤其是没有奥尔森带着他有趣的故事过来打扰，我们的小屋变成一间地道的工坊。洛克威尔趴在一张桌子上又写又画，有时候读上几句。我在另一张桌子上或者在画架前工作。今天的工作是我在岛上的第一幅木刻，我把几把刻刀磨得更锋利，把一柄锉刀改造成了新的刻刀，两英寸见方的小木板，居然只刻完了一半。现在刚吃完晚饭，写完这一段，我打算吹长笛，为洛克威尔唱歌伴奏，再给他读一章《水孩子》，然后我就可以继续今晚的工作。

日志

11月1日，星期五

以我们的生活内容来看，这几天基本上没有区别。我画油画和做木刻。木板已经刻好，但是我没有办法印出一张来判断效果。我试着用油画颜料代替油墨，但是印出来效果不佳，我担心颜料会填塞很细的刻痕，没有继续试验。洛克威尔整天都在和那几只山羊玩。上午他兴高采烈地告诉我，山羊把他当成了同类。他手脚并用，跟着山羊一起爬上了山坡，一路上假装吃草，还用山羊的语言和它们交谈。听到他讲这些，我相信山羊并没有弄错。

有些时候，山羊真是惹人讨厌。今天早晨，比利偷吃了两口我们的扫帚，没等我抓住它就逃走了。今天再一次给山羊挤奶、喂狐狸，它们的主人仍没有回来。我满心指望奥尔森今天会回来。虽然有零星的小雪，但是几乎没有风。我派洛克威尔去海滩上眺望苏厄德的方向，我自己十几次走到窗前，期盼奥尔森的小船出现在海湾里。

IV 冬日

无休无止，每一天的日志都重复记录着单调的雨和阴云。有谁曾经这样彻底孤独地生活过，世界里最有生机的活物只是风、雨和雪？最基本的生存要素充斥和控制了生活。每天起床、上床和二者之间的许多时刻，你都像可怜的奴隶那样绝望地叩问：天空中的主宰者究竟想要些什么？晨曦微露，你跳下床，光着脚站在门口向外张望。一棵棵云杉笔直的树干之间的世界，正被慢慢照亮，你想知道自己生命中漫长而崭新的一天，上帝做了怎样的安排。

"上帝啊，又下雨了！"你浑身疲倦地坐回床沿，穿上沉重的靴子，怀着阴沉的心情，开始又一个湿漉漉的雨天里特有的劳作。有时候当你看到又是满天阴云，你忍不住要嘲笑呆头呆脑的天气预报员，或者嘟囔几声善意的咒骂。你必须穿着厚实的防雨衣服，做完雨天特有的和每天都必不可少的家务。这是你的宿命。

绝大多数时间里，为了显示自己真正的力量，我们朝着最糟糕的天气发出战斗的吼声，开始辛苦地劳动——为了补偿外面湿漉漉的阴雨天，我们努力让小木屋里变得更舒适——温暖、干燥、可口的食物和许多值得做的事。

日志

对于北半球的高纬度地区来说,我们已经步入深秋。天空中酝酿着不祥的沉闷。冬天似乎就要降临。想到可怕的严寒,我们不得不拼命劳动。要快!再快些!云杉的树干被锯成一节节,滚到小屋旁边,高高地堆起。用苔藓纤维塞紧迎风面屋檐下的墙缝,不让冷风钻进来。否则贴着墙的架子上的食物都会冻成冰块。在屋里生起远近闻名的气密式火炉。有了它,躺在床上的时候,脚就能保持暖和,画画时脊背也不会受冻。铺在屋顶的木瓦下防漏的油毡纸,已经被风暴敲出两三个小洞,如果不修补肯定会让屋里下起小雨。叶子茂密的灌木枝,沿着四面的墙根围成一圈保暖的绿色斜坡,几乎顶到屋檐下。现在,小屋才算是安乐窝!从里到外的忙碌彻底结束,我们为最严酷的寒冬做好了准备,恰好及时!10月22日的黄昏,迎来了羽毛一样的雪片。奥尔森走进屋来,跺着脚大声喊道:"嘿嘿!喜欢我们这里的冬天吗?"在我们看来,这里的冬天实在完美。屋子里很暖和,洛克威尔躺在床上,我正在给他读《金银岛》。

"你想把他培养成什么样的人?"这天晚上奥尔森问我,他显然是指洛克威尔。我正在往罐子里倒豆子,听到他的问话,我故意改成一粒一粒慢慢地向下倒:

"富人、穷人、乞丐、小偷、医生、律师、商人、官员。有谁能定下一个孩子的人生呢?"

这时候,我们讨论的对象正在床上熟睡,或许他在梦里丰富多彩的人生会让任何人的想象力都显得贫乏无趣。孩子可以创造一个

日志

在高处

日志

真实的天堂。人生是如此简单。他无可指摘地跟随自己的愿望,先做出最有魄力的选择,然后走上越来越明确的道路,直到实现最终的目标。你如何能宣教美和传授智慧呢?这些事物具有无限微妙的本性。在每个人身上,它们与生俱来,恰到好处。你无法像布道那样宣教真理。

洛克威尔和我,生活在许多不同的世界里。我们读的每一本书,就是一个新的世界——《鲁滨孙漂流记》、《金银岛》、布莱克笔下气魄雄浑的世界、北欧史诗时代的传说,还有《水孩子》、古代凯尔特人灿烂的文明,还有洛克威尔自己幻想出和画出的奇幻世界,充满各种怪兽。还有我用画笔创造的飞腾的英雄们、被命运所困的凡人们。他们就像我描绘的那样真实,否则就毫无意义。

还有一个世界,正是我们脚下的这个小岛,它远比我们曾经想象的更神奇。难以置信,我和这个孩子置身于遥远的北方一个荒凉的小岛上,四周只有美丽的波涛和海滩!一年多以前,我们就开始憧憬这样的生活——是的,美梦成真。

现在屋外正飘着细雪。冬天已经到来,它接受了我们的挑战。

日志里简短的记录,意味着我们迅速地读完了《金银岛》。接下来是《水孩子》!"洛克威尔和我都满怀期待。"然而,金斯莱恐怕会失去两位忠实的读者——这是对于虚张声势的文学的警告。他那英国名流式的傲慢,经常让我们觉得无聊或者摸不着头脑,尽管有时候也开心地大笑。"终于读完了,谢天谢地。金斯莱不是炫耀

日志

就是说教。除了偶尔流露的甜美温情,他的宗教伪善和英国式的虚荣,实在令人难以忍受。所以今天晚上,我们要读《安徒生童话选》,永远那么可爱,那么真诚。"

孩子有他们自己的文学品位,对此我们几乎毫不了解。他们喜欢真实发生的故事,也喜欢纯粹的幻想故事。然而,他们讨厌把虚构的故事伪装成真正发生过。如果浪漫的幻想缺少让人信服的细节,同样无法吸引他们。他们喜欢行为,而不是关于行为的思想。毫无疑问,质朴的北欧古代传说最符合他们的口味。没有截然的对错之分,用他们能理解的朴素语言,讲述他们能够理解的行为,充满趣味的细节和惊心动魄的幻想。孩子们喜欢这种简单的内容。虽然吸引人的纯正历险,只占《鲁滨孙漂流记》的一半篇幅,只占那个瑞士家庭体面的荒岛生存故事的四分之一,但是已经足以让读者容忍它们剩余的部分。

至于我们的历险,相对而言并不那么刺激。这里的每一天似乎都很平淡,也缺乏宣泄感情的途径,但生活仍然充满喜悦和悲伤。在这样宁静的世界里,简单的小事都足以让你激动。

9月初的时候,几头虎鲸游到了距离岸边不足三十英尺的浅水。它们巨大的、闪亮的躯体,在水面翻滚着。突然沉入水中,显眼的白色腹部让我们仍然能看到它们在水下相互追逐——真是惊心动魄!

当时那几头虎鲸正在相互搏斗。它们神奇的黑色巨鳍拍击着水

日志

白日的劳作

面,发出炮声一样的轰鸣。可怜的受伤者沉了下去,忽而纵身跃起,又一次从半空落下,它的鳍沉重地拍击海面,伴随着雷鸣巨响和飞溅的泡沫。然后海面恢复了平静。一头庞然大物死去,令你不禁发抖。狐狸岛的居民们,目睹了这场惨烈的悲剧。

日后那只宠物喜鹊死掉的时候,可怜的少年流下了心碎的泪水。

日志

这些天有两个陌生人来到岛上,住在奥尔森那里。他们是来寻找一条船的,就是我们在风暴里看到的那条漂向深海的小船。真是蹊跷!它是因为缆绳松开而被风吹走的无人空船,还是如我们猜测的有人待在船上?后一种情况,意味着船是被人偷走的。那么偷船的人是谁,船现在何处?在某个小岛躲避风暴、已经沉入海底或者驶向远海?或许永远没有人知道。

我们抓住一只游荡到小木屋附近的豪猪,为它建了一个很舒适的笼子——可惜它并不喜欢,然而也不得不充当我们的宠物。我们悉心地喂养了一些日子,它让我们又是喜欢又是讨厌。终于有一天我们把豪猪放归树林,盘算能跟着它踩在新雪上的脚印再找到它。没料到几只山羊跑过来,蹚乱了豪猪的脚印,我们只得赐予它彻底的自由。

奥尔森去了苏厄德——每一天都在盼他归来,每一天都是焦急的等待。多少次我们来到海岸边,眺望对面的凯恩角,满怀期盼而去却失望而回。

山羊让我们更加思念它们的主人。比利这个鬼畜生,居然啃掉了一截扫帚。我抓起一根劈柴砸在它头上——它只打了一个喷嚏。但是洛克威尔喜欢和这些山羊玩,他似乎把它们当成了人,不过更像是他被它们当成了同类。洛克威尔告诉我,这些山羊快要相信他也是一只山羊了——没错儿,他自己和我也这么认为。

日志

11月3日，星期日

今天晴空万里，灿烂的阳光伴随着凛冽的西北风。山峰被白雪覆盖，任何言辞都无法描述的美景。除了和洛克威尔一起把锯开的树干堆起来，全天我都忙于作画，先在屋里，再到屋外。蓝天下仙境一般的群山、泛着白浪的碧绿海面，抓住这样宝贵的好天气作画，可不是一件寻常小事。

昨天晚上工作结束得太晚，没有记日志——也是因为我刚刚完成那幅墨水画，兴奋得无法安静地坐下来写作。昨天白天没有什么值得记录的事。风依旧吹，天空阴沉，海面上白浪追逐。除了和洛克威尔劈了一会儿木柴，白天我一直在画油画，直到傍晚。天色将要黑透的时候，我和他顺着山羊在树林里踩出的小路散步——昨天就是这样。

11月3日，星期日（续）

洛克威尔跟着几只山羊跑来跑去，玩得很高兴。今天我们小屋的门忘了关上，几只山羊全都溜了进来。只有呵斥和狠狠地动手教训，才能让山羊听你的话。比利站在门口，我抓起一根

日志

劈柴，砸在它的头上——它只打了一个喷嚏。有时候喜鹊也会飞进屋里，今天就来了一只，但是落在我们抓不到的位置。

奥尔森仍在苏厄德。没有人知道这种大风天气还会持续多久，驾船回来显然很危险。

11月5日，星期二

又是两天合并的日志。昨天早晨微风夹着细雨，逐渐变成雪。落在每一根树枝上的积雪，让我们第一次在阿拉斯加欣赏到真正的冬天。奥尔森原本可能回来的机会，被午后越来越强的大风吹散。天色异常昏暗，我们吃早饭和午饭都是在蜡烛光下——根本没有吃晚饭就上床睡觉了。

今天在下雨，夹杂着零星的冰雹。湖面的冰正在明显地融化。海上正有一场可怕的风暴，我们能隐约地听到巨浪撞击着海湾对面的山崖。这种风暴平息后往往有好天气，似乎是奥尔森回来的绝好机会，但是他的船仍未出现——已经是他离开的第八天了。只要天色够亮，我就不知疲倦地画油画，或者在油灯下画墨水画。我担心冬天的阳光将不再出现。在最近的一个晴天，只有正午前后的一小时见到阳光。

我们在小屋附近抓到一只迷路的小豪猪。洛克威尔很喜欢这

日志

只呆头呆脑的宠物,然而我告诉他,我们不能把它养起来。没有什么比豪猪满是粗毛和硬刺的后背更让人讨厌,而它总是把后背对着所有人。今天洛克威尔什么都没有做,他还哭了一会儿。我们记下这件事,是因为这种情形非常罕见,也算作对洛克威尔的一种惩罚,虽然他并不在乎像这样永久地记下他的过错。山羊的表现很好,狐狸则更温顺,有一只最温顺的狐狸,甚至在我弯腰喂食的时候,啃我屁股上的裤兜。

三天过去了,雨雪夹着冰雹,现在终于平静了。没有风的空气中,传来远处海面的咆哮。白色的巨浪拍击着凯恩角黑色的峭壁。我们仍在徒劳地盼望奥尔森归来。白天几乎始终昏暗,有亮光的短暂时间,因为等待而显得漫长。多少次我们走到海边,眺望苏厄德!多少次我们透过小屋西边的窗口张望,却一无所获!

当我抱着满满一捧木柴正要进屋,一回头望见小海湾里奥尔森的船!九天之后,他终于回来了。

11月6日,星期三

今天傍晚奥尔森回来了,他带回了重要的新闻:和平终于降临!感谢上帝![1]

---

[1] 1918年11月,第一次世界大战结束。

日志

然而假若这场战争仍然继续,它却会带来无情而又合乎正义的益处。它将扫除这样的人:在他们眼中,无数人流淌的鲜血意味着英雄气概;或者是另一些人:即便是违背自己的意愿也会去杀人,而不是坚守自己的信仰。没有人会完全被迫地去战斗。在这次战争中,没有一个人是完全被逼迫着走上战场的,只是借上帝的名义,就对他人做出自己绝不愿承受的恶行。某些人仅有的信仰就是爱国。他们是如此恭顺,只需主人挥一下手,就满怀感恩地为这个剥夺了他们一切的国家献出生命。如果这场战争减少了此类人的比例,那就是它为人类最终的福祉、未来永久的和平做出的贡献。

对于这块土地上的某些人而言,既然他们如此豪爽地消耗了其所领受的优待,那么他们就对祖国有所亏欠,甚至需要以宝贵的生命来偿还。然而,任何人,只要是凭借自己的辛劳而生存,他就没有亏欠任何人或者上帝一丝一毫。他是自由的。在下一次危机到来之前,让我们呼吁祖国发布一道宣言,提醒人们偿还已经领取的优待。我们或许能幸运地以少于生命代价的方式还清债务,以便未来能完全掌控自己的生命,从此任何人或者政府都没有资格做我们的债主。

夜已经很深,洛克威尔睡熟了。屋里非常冷,简直像暴露在室外。白天没有什么值得记录的事。早晨晴朗灿烂,黄昏时阴云密布,但是已经落在山后面的太阳仍刺破云层,在远处的山

日志

丘上投下一片金光。

奥尔森为我们带回来的一个大邮包里，有我母亲给我和洛克威尔的羊毛衣物，还有姨妈给我的羊毛衫和帽子，孩子妈妈给他的袜子和一顶帽子，朋友卡尔送给我的一本关于基奈半岛的书，还有我母亲寄的咖啡、巧克力和一盒缝纫工具。简直像过圣诞节一样！

小豪猪果然很可爱，今天早晨我们放它回归森林的时候，它自己钻回笼子里。一整天都在笼子附近转悠，只要一扭头，就能回到安全的小窝里。我们暂且试试能不能驯养它。

"战争结束啦！"奥尔森的船刚刚靠岸，他就高声叫着。感谢生活中一切圣洁的东西，驱散了疯狂的战争。但愿这个世界至少能够嗅到一丝和平与自由的芳香，就像发现一朵生长在荒原边界的野花……

直到深夜我都在读信，检点寄来的衣服、帽子、羊毛袜子和其他物品。洛克威尔睡着了，屋里很冷，外面雪片在簌簌地落下……我不但没有上床，反而把炉火拨得更旺，开始工作。

11月7日，星期四

一个真正的冬日，地上铺着厚厚的积雪。甚至在这个永远保持寂静的地方，也能够感受到冬日特有的寂静。天色刚刚露明，四周

日志

伴着闪电响起雷声,然后是一阵冰雹突降。整个上午,雷暴一直断断续续……我用奥尔森的洗衣板来洗衣服,几乎把衣服洗成白色。

奥尔森总少不了逗乐的闲话。在苏厄德有人问他,为什么我选择去那个鬼都嫌弃的小岛。他气势汹汹地回答:"你们这些呆子,哪能理解艺术家的想法。你们说,要是莎士比亚周围总是有一群男男女女在晃悠,他能写出什么东西吗?当然不行,艺术家必须安静地独个儿待着。"

"兴许你说得对,那他都画了些什么?"

"这我可管不着喽。有时候我看见他在布上画一座山,再过一会儿就改成湖或者其他什么了。"

你不难想象他面对质问者的那副骄傲神态。或许可以说,他最大的心愿就是让人们瞪大眼睛,注意到他在狐狸岛的这片家园。事实上,这也是他殷切地挽留我们住下的原因之一。苏厄德应当感谢市民中的某个业余侦探,让全城短暂地享受了一个德国间谍潜伏在狐狸岛的谣言。我告诉奥尔森,即便战争结束了,当局仍有可能派人来把我赶走。他鼓起眼睛嚷道:"让他们试试看!我们带上枪躲进山里去,我会叫他们绝不敢再来一趟。"

他接着讲起许多年前在爱达荷州,他连续几个星期搜寻一伙臭名昭著的盗马贼,最终把他们牢牢制服。这是他讲过的故事中最惊心动魄的一个,而我相信他的每一个故事都是真实的。

这会儿传来一艘轮船的汽笛声,在风雪中它依靠周围山峰的回

日志

用餐时间

声指引航向。船离我们很近,但是被风雪遮住了。

洛克威尔开始写他的故事,一个悠长的白日梦。故事很动人,他自创的各种拼写错误,让人读起来笑个不停。夜很深了,但是我必须再画一会儿。我用海绵蘸着烤面包的大盘里的热水擦完身子,坐在床上,又读了一章布莱克的传记。睡前读书现在已经是我例行的夜间功课,我很享受这项乐趣。

11月8日,星期五

现在不知是深夜几时,我甚至怀疑很快就要到凌晨。整夜我都在画一幅墨水画:洛克威尔和他的父亲在一起——效果非常精彩。

呜,就在这时,一阵狂风向我们的小屋袭来,屋顶吱嘎作响——风卷过屋顶时产生巨大的向上吸力,过后又猛地向下压,只听咔嚓一声,我们头顶上方的一块木板折断砸了下来——洛克威尔居然还继续酣睡!今晚的风着实可怕,而且小屋的墙并不能把它挡在外面,我的油灯不停地摇晃火焰,让人心烦。啊,幸好屋子里又暖和又舒服。

今天早晨,起初的天气晴朗平静,洛克威尔和我计划驾船出游。当我们折腾了好久安装好马达,把笨重的船推下水时,风已经很猛烈,看起来计划要告吹了。但是我们仍然驾船来到海湾里,在大浪里戏耍,见识一下北风究竟能把我们怎样。风掀起很高的短

日志

浪,小船从一个波峰荡到另一个波峰,正在波浪的山顶摇晃得让人头晕,却猛地摔到波谷,溅了我们满身海水。在一处略微平静的海面,我熄了马达,面朝我们的小岛画了一会儿速写,然后划着桨回去。白天剩余的时间,我们都用在修理船的马达上——首先是找到它很难发动起来的问题根源,解决它之后,就是把拆开的所有零件重新组装。但是耗费最多时间并且需要在明天继续的工作,是修好我们在修理过程中弄坏的部分。

11月9日,星期六

阴冷的一天。然而地上的积雪惹人喜爱!除了修理好马达、劈了一些木柴,今天什么也没有做。现在天色已经黑下来,我们还没有吃午饭。洛克威尔穿着一双"女士靴子"在外面玩,那是奥尔森留着以备紧急情况穿的。

11月12日,星期二

池塘结了又厚又结实的冰。昨天,洛克威尔去那里滑冰,今天我和他都去了。宁静清冷的冰面是滑冰的好去处。作为初学的孩子,洛克威尔表现得非常好。我相信,如果他坚持下去,冬天结束的时候他就会成为一个出色的滑冰者。要是我的几位

日志

一天的尾声

日志

朋友在这里一起运动，那该多好呀。我想到做一个冰橇，湖上宽阔洁净的冰面正适合玩它。

现在洛克威尔在床上睡着了，梦见那只小夜莺，正在为忧郁可怜的中国皇帝唱着自由的歌。[1]就在此刻，遥远城市的街道上，世界正在欣赏铁皮做的夜莺歌唱由法律定制的自由。接下来是我自己的阅读时间，享受一片蘸了果酱的面包，还有柔软的枕头靠在背后。

一个又一个真正寒冷的冬日，伴着风和雪——那风实在可怕！狂风从不远处的山顶奔泻而下。飞舞的树枝和冰块砸在屋顶上，墙上的木板在强风中呻吟，油灯的火焰颤抖着，墙缝里的苔藓被吹得落在我的工作桌上，悬挂在床上方的油画框相互拍打着。突然之间风停了，世界重归平静，只听得远处海浪和森林的怒吼。

奥尔森经常给我们带来惊喜。要享用他最新的礼物，你必须愉快地违反法律。[2]他拿来一瓶浅粉色的液体，里面泡着半瓶葡萄干。他倒出半杯，加了半杯姜汁汽水和一小撮糖，然后递给我。味道很好，甚至可以说非常诱人。

"这是什么？"我问道。

"纯酒精。"他咂着嘴答道。

接下来他开始向我传授秘密诀窍，"一招接着另一招"，如何捕

---

[1] 指《安徒生童话》中的《夜莺》。
[2] 1917年12月美国国会通过第十八条宪法修正案，开始禁酒，此后各州陆续通过该法案。

日志

stopped the engine and sketched an island after which we rowed home. The rest of the day we worked on the motor — first to find why she wouldn't run, then, having found that, to put other parts in still better order, and then, by far the largest thing, and still to continue tomorrow, to mend what in the course of our fixing we had broken this. Olsen & I.
"Water Babies" is finished! that an event. When Kingsley isn't moralizing his showing off, and not his religious cant and his English snobbery he is, in spite of occasional sweet sentiment, quite unendurable. So to-night we read from Andersen's fairy tales — forever lovely and true. And now my reading time is at hand, my time for bread and jam and a soft cushioned back.

日志

获需要的人——对我而言,就是捕获有钱的买画人。他猜到了我这种迫切的需求。

奥尔森送给我们的鸡蛋,味道也相当不错(在苏厄德他们用二十四打坏的鸡蛋,换他养的狐狸)。我们已经吃掉了一打鸡蛋。今天我敲开十七个鸡蛋,其中只有六个好的能用来做午饭。洋葱煎蛋饼是最好的做法。洛克威尔说它们很美味——好吧,我也承认。

工作,艰苦的工作,几乎没有游戏,睡得很少。风一刻也不停。洛克威尔永远是个好孩子——勤奋、善良又快乐。他现在已经可以自如地读任何一本书。画画很自然地成了他每日的功课,几乎也是一项娱乐——他既能画得像模像样,也能画得怪异滑稽。这会儿他正在床上,等待一段音乐和另一篇《安徒生童话》。

11月13日,星期三

窗外是皎洁迷人的月光,我不知道现在究竟是几点钟。又一次熬到深夜。连着三天夜晚,我都忙着用墨水绘制一幅狐狸岛的地形图。此刻基本完成了,对于我的眼睛实在是个好消息。看似重复的日子里,每一天都有新鲜的小事带给我们许多快乐。或许当洛克威尔变成老人的时候,它们仍会真切地闪现在他模糊的记忆中。洗餐具的时候玩闹、起床的时刻追打,在任何一

日志

个我不太忙碌或者没有思考发呆的时刻,我们都傻傻地自得其乐——我承认,自己的确经常放弃全神贯注的工作。那些时刻我为了让儿子取乐而变成了九岁的孩子,正如他有时候为了哄吓山羊而变成一只四条腿的动物。

今天我们又去滑冰,洛克威尔穿着真正的冰鞋,不再是他通常穿的怪异的"女士靴子",他滑得非常好。洛克威尔出色地完成了他那份家务,还花很多时间读书、写故事和画画。他一边画一场海战的故事,一边笑个不停——他驾着一条自己设计的怪船,对手是另一条船上的我和奥尔森。这会儿把杏子泡进水里腌制,睡前再读一章布莱克的传记——最后一章。

又一天过去,几个小时后将是一个崭新的早晨。11月13日!时间飞逝。疲倦的双眼,望着外面的月光又清醒地睁大,酸痛的膝盖,不停地在寒气中跳舞取暖。伏案太久的脊背用力向后弯,伸直的双臂做出标准的"晚安"姿势。我望着黑黝黝的海水,我们几天后去苏厄德必将再次跨越的海面。冷风在屋子的墙角盘旋,我不禁打了个寒战——上床睡觉。

V 等待

11月14日,星期四

我们在等待,天气一旦好转就去苏厄德。也许要等两星期,甚至两个月。我已经准备好毯子和够吃几天的食物,全都塞进一个大背包,万一我们的船被风吹得偏离航向,漂流到某个荒凉的地方也能够支撑几天。我们到苏厄德之后,可能很快就返回,也可能被坏天气困住很久,花费比预想的多三四倍的钱。

风向始终是北风(相当于逆风)。白天的景色令人心动,夜晚也同样美妙。今天晚上,我和洛克威尔第三次在湖面上滑冰。啊,湖面上的景色妙不可言,没有一丝云的夜空中明月高悬。黑漆漆的云杉树林,衬托着两侧山峰上晶莹闪烁的冰雪。我们像情侣那样手拉着手,从湖面的一端顶着风滑到另一端,然后转身像帆船那样被风推着飞快地滑行。这是洛克威尔今天第二次滑冰,他滑冰的水平每分钟都在长进。

我动手剪掉洛克威尔长了四个月的头发。剪发之前,他前额的头发垂到眼睛,就像中世纪的男孩。现在他变成了一个俊美的小伙

日志

子——享受如此寒冷艰苦生活的男子汉,我真为他骄傲。

11月16日,星期六

　　昨天和今天都是晴空碧蓝、寒风凛冽——这几天夜里,月亮高挂在我们头顶,黎明时分才在北边缓缓落下。气温非常低。奥尔森忧心忡忡,奇怪我们怎么能在这么冷的天气劈木柴和滑冰。但是说起寒冷,我最痛苦的经历还是在缅因州的莫西干度过的第一个冬天。当时我的木屋尚未完工,离火炉四英尺远的水桶也会结冰。在没有熄火的炉台上放一夜的泡豆子,第二天早晨已经冻硬。我们喜欢这里的天气。屋子里冷风飕飕,我心甘情愿地在墙角堆着燃料。每次细细地数完堆起了多少根木柴,就觉得这种辛苦也的确是一件乐事。

　　池塘里的冰有六英寸厚,某些位置的冰层透明,能看到黑幽幽的水底。今天早晨洛克威尔换上厚实的内衣,白天和晚上他都在抱怨太热了。

　　日子一天天平淡地过去。除了每星期或者每个月的家务内容稍有改变,或者我的油画创作有时成功、有时失败。今天上午,奥尔森帮助我把船拉到海滩的高处,它有十八英尺长,非常重。但是昨天夜里狂风吹得船移动了足有四英尺。假如没有紧紧固定,它已经被吹进水里,被海浪毁坏了。今天晚上我不能躺在床上看书,因为

日志

床离火炉太远了。

11月17日，星期日

早晨我们慌张地跳下床，窗外的宁静让我们相信今天会是好天气，可以出发去苏厄德。可惜小海湾以外的海面上波涛汹涌，两个小时之后，大风就夹着雪片光临。寒风中天色昏暗，我们吃过早饭仍点着油灯，下午刚熄灭油灯不久，就要为吃饭重新点亮它。借着室外短暂的亮光，我画了一会儿油画，洛克威尔去滑冰、画他的画，我们还一起劈了很多木柴。傍晚我尝试为《现代学校》杂志写一篇文章。

我们把船倒扣过来，用绳子紧紧地捆在地上。幸亏如此，否则夜间的大雪会积满船里。这会儿月亮穿透云层，高悬在天空，外面的亮光如同白天一样。

11月18日，星期一

今天风暴从东南方向袭来，狂风怒吼。在油灯下吃完早饭，工作直到天色变暗，于是吃午饭——下午3点，也许是4点左右。饭后继续工作，然后小睡片刻，我太疲惫了。洛克威尔上床去，我给他读了一段故事书，然后我继续工作。接下来是一顿简单的晚饭，

日志

I WANT TO BED ONE NIGHT, AND DREAMED ABOWT NAIMALS. HWILE FATHER SAT UP AND THIS IS MY DREAM. I AND MY FATHER WANT HUNTING IN THE WOODS. HWERE THER ARE WILDCATS, WILD PIGS, WOLVS, DEERS, LIONS, BEARS, RABETS, PORKEAPINS, ELLOFONTS, FOXS AND TIGRS WE WERE WANDRING THRO THE WOODS AND THR WOSANT A LEAV TWINGKL OR A BOSH KRAKING WHAN OLLOSDON THREE BOSHS KRAKED. BOT WE DID NOT NO WHOT IT WAS I RAN UP THE TREE WHILE FATHER HID BEHINED A TREE HE WOS COWING TO SHOOT HIS GON BUT I TOLD HIM NOT TO SHOOT HIS GON BEKOS I WONT TO KACH HIM. WHILE I WAS SITING IN THE TREE. I THAT HOW TO BE NICE TO HIM. I TOR LEAVS OFF OF THE TREE. AND I MADE A NIC SUIT OF LEAVS. I TIDE THE LEAVS TO GETHER WITH STRING.

A BEAR

洛克威尔的梦

叫醒洛克威尔来吃。我洗完餐具,他又上床睡觉。我去奥尔森那里,聊了将近一个小时。我10点钟离开他的小屋,回来继续工作到凌晨不知什么时刻。这真是怪异的一天!我决心搞到一个钟。

无论如何,今天绝不能在这篇日志上再花费一分钟了!阿门。

11月19日,星期二

天气沉闷、令人郁闷的一天。我不知疲倦地工作了一整天,现在我要换上睡衣,开始睡前阅读时间。四幅油画布在木框上绷好,又涂完第一遍底料,仅仅这件事就足以让人忙碌一整天,克服烦闷。但又实在是乏味无趣的工作!圣诞节要寄出的很多信,几乎都写完了。圣诞节就在眼前,我越来越难以忍受远离家和孩子们。我脑子里总是在假想某个家庭成员,这时出现在小屋里!

看着窗外海面上的巨浪,听到呼啸的风声,就知道是一场大风暴。雨点单调地敲打着屋顶。树林里从高处的树枝泻下的水流,像石块砸在地上。雨点最密的时候,雨水渗透屋顶滴在地板上,但是我们很舒服地躺在床上——其他的事一点儿都不重要。

今晚我给洛克威尔读安徒生写的《大克劳斯和小克劳斯》。真是个精彩的故事,我们一边读,一边笑得前仰后合。他从来都不喜欢国王和王后题材的故事。他抱怨说:"最后总是要结婚,都是那些差不多的东西。"但是他为自己规划的未来生活和婚姻,也是这些差不

日志

Thursday. November 22ᵈ. Fox Island.

Yesterday and to-day are to be recorded. The Porcupine (Walter after Walter Paak) is dead! And yesterday he endeared himself so to us playing about in the house with the utmost contents.. The cause of his death we cannot know unless it was our kindness. Rockwell, with Olsen's leather mitten on did carry him about a good deal. Of course they are creatures nocturnal and we had planned to let him have his regular hours for exercise and feeding, Rockwell

多的东西。有朝一日,他独自从美国东部来到西海岸,在西雅图遇到未来的妻子——这样能省下她横穿美国的路费,那里也离阿拉斯加不太远。然后在阿拉斯加生活,直到老死。我也会陪着他们——如果我还没有死的话。洛克威尔说,我多半能等到那一天。

我刚读完布莱克的传记,现在开始读他的散文集,还有库马拉斯瓦米写的一本关于印度文化的散文集。布莱克那如火焰一样的激情啊!我刚刚读到这一段:"人的思想无法超越上帝赐予的天赋。如今有人认为'艺术'能够超越它自身最精美的样本,正是因为不理解'艺术'为何物。这些人所知的'艺术',丝毫没有触及人的精神。"在此处群山环抱的简朴生活里,深刻的精神正在嘲笑人执迷于"艺术"的形式、执迷于用新的表达方式替代旧的!视界的贫乏让艺术家一无所获,以至于为了自我拯救,他总是迫不及待地在新瓶里装进旧酒,或者歌颂用一点点思想碎屑制造的艺术原料。

11月20日,星期三

我们希望明天能出发——尽管今天仍然有风暴。海面上浪花翻滚,但是比起北风,这算不得什么。风才是对我们最可怕的威胁。

我几乎没有画油画,因为天色始终非常暗。冬天的白昼越来越短,很难持续地画。趁着白天的亮光,必须完成这些家务事:劈木柴、从一百码以外提水、给灯灌煤油,还有做饭。今天我自制了许多别致的信封,给昨天绷好的油画布上第二遍底料。这会儿应当去睡觉,因为明天我们预计早起。

哦,今天那只豪猪跑回来了。被我们发现的时候,它正在小屋旁边安静地找食。洛克威尔走近它,它丝毫没有警觉。豪猪一会儿在地上乱啃,一会儿打瞌睡,折腾了几个小时,最终才被洛克威尔提着尾巴拿进小屋,放在离它以前的笼子很近的地方。它然后乖巧地自己钻进了笼子。

11月22日,星期五

昨天和今天都值得记录。豪猪死了!昨天它真是可爱,乐颠颠地满屋子跑着玩。我们不知道它的死因——希望不是我们的过度呵护吧。洛克威尔的确戴着奥尔森的皮手套,抱着它走来走去。豪猪是昼伏夜出的动物,我们打算让它恢复符合本性的作息规律。洛克威尔满心欢喜地计划,他要陪豪猪一起在树林里过夜,而我肯定会同意他试一试。可惜计划还未开始就结束了——他的第二只宠物已经去了没有烦恼的世界。

昨天的狂风暴雨令人胆战心惊。屋顶下薄薄的油毡纸在风雨的敲打下,发出震耳欲聋的噪声,让我无法入睡。整晚风雨交加,海浪拍击伴着森林的咆哮。今天的天气转好,但是每隔大约半小时就有阵雨。什么时候我们能去苏厄德啊?

日誌

sit here in silence and he is wise enough to be quite content. Now it is late. The stove is out and I must go to bed. Two meals only to-day; another one is due me. — Oh—I made myself a beautiful die for my note paper yesterday and to-day printed it on my envelopes with this press, shown below, and oil paint for ink. It worked pretty well.

Push Down.

Friday, November 23ᵈ. Fox Island.
It dawned calm with rain hanging in the air. We hurried with our breakfast in the hope that we should get off; but within an hour at the turn of the tide the North east wind whipped down from the mountains and the rain fell in torrents. And now a late hour of the night it still rains although the wind has fallen. We felled a tree to-day and partly cut it up. Although it was dismally dark all

日志

我们面前摆满了漂亮的圣诞节礼物，都是我们父子自己动手做的。我和洛克威尔共用一张木桌，就像两个老练的工匠。这些天我根本没有时间作画。奥尔森过来想和我们聊天，却发现不是好时候。于是他一声不响地坐在旁边，很知足地看着我们忙碌。

现在夜深了，火炉已经熄灭。我必须上床去睡。今天只有两顿饭——我亏欠自己一顿加餐。哦！值得一提的是，我昨天做了一个在纸上压出浮雕图案的工具，今天用它在自制的信封上做了试验。

11月23日，星期六

黎明时分没有风，平静的空气中酝酿着雨。我们急匆匆吃完早饭，指望今天可以出发。然而将近一小时后的退潮时分，西北风又从山上席卷而来，紧接着大雨如注。现在是深夜，风已经停了，但是雨还在下。

今天我们砍倒一棵树，把它的一部分劈成木柴。尽管天色一直昏暗朦胧，我仍然尽量画了一小会儿油画，写了几封信，并画了墨水画。洛克威尔和往常一样勤奋，趴在我旁边画画。他给我讲了他妹妹小凯瑟琳的一件趣事，值得记下来：小凯瑟琳玩布娃娃的时候，想改娃娃的名字，于是把它送给假想的医生（就是她自己）。"医生"给娃娃动手术，在肚子上挖了一个小洞，塞进一个写着新名字的小纸条，就这样娃娃有了新名字。

日志

今天试着用奥尔森的棉籽油做饭，真是糟透了。一年多前，有人送给他一瓶变质的蛋黄酱，用作狐狸食物的调味料。奥尔森把分离出的油留了下来。我做好面团，准备炸多纳圈。在锅里加热的棉籽油，冒出一股刺鼻的腐败气味，简直让我恶心，但是洛克威尔却连夸很香。我强忍着做完了多纳圈。这些油在没有加热的时候，气味还算正常。

11月24日，星期日

奥尔森宣布今天是星期日，为了表示庆祝，他给我一杯羊奶做奶酪。无论是什么日子，我的庆祝方式就是拼命工作，这会儿我筋疲力尽。早晨开始下雪，始终未停。风雪交加像是3月的天气，海湾里波涛汹涌。

夜晚天空放晴，露出满天繁星。难道明天还会继续刮北风吗？事实是很可能，去苏厄德邮寄信和礼物的计划仍遥遥无期。下雪的映照让屋里的光线比阴天亮一些，我画了一会儿油画，对今天画布上的成果相当满意。已经完成的八块画布，让我非常自豪。当然，今天我们仍少不了劈木柴。如果白天的亮光能持续更久一些，那也算是很有乐趣的活动。苏厄德的人们一定都在盼望送来邮件的轮船，过去的两个多星期，我都没有看到它经过。

日志

小木屋的窗

日志

11月25日,星期一

东北风狂野地呼啸。窗外的海湾里浊浪翻滚,不断拍击着海滩,发出一阵阵巨响。白天的天气实在可怕,夜里也丝毫没有减弱。苏厄德啊,仍是遥不可及。我现在只希望轮船能先于我们到达苏厄德。奥尔森检查他的日记,发现已经两个星期没有看到轮船经过。

今天我开始了两幅新的油画,并且尝试天黑之后在灯光下画。在这么昏暗的室内,我的油灯实在太简陋了——灯芯只有将近一英寸长,通常我只能画些黑白的墨水画。但我还是借着灯光画完了整幅画的构图。

洛克威尔白天要花几个小时在树林里探险,寻找豪猪的脚印和藏身的洞口。已经连续几个星期,我为了不耽搁作画,连散步都没有去过。在这种"户外生活"环境里,我居然几乎见不到户外。每天必须做的锯木头,成了我宝贵的享受。

今天读完了库马拉斯瓦米的《印度散文集》,的确是一本发人深思的书。作者对神秘主义的定义,是信仰所有的生命构成一个整体。一名艺术家的信仰如果引起别人的关注,那只是因为他的精神具有某种强烈的倾向(要描述这些极其微妙的对象,却不得不借助凌乱、含义模糊的词语)。我相信,无论人具有怎样的神秘品行,它都是这个人身上固有而不可分割的部分,是上帝的恩赐。归根结底，别人借以认识某个人的品质，恰恰是那个人自己最不易察觉的。我最好的一面，都是随性流露的。从评论家的立场观察我自己，我的艺术作品里的形式、作品整体的姿态和精神，只不过是我潜意识中理想生活的图像记录而已。

11月26日，星期二

经历了昨晚的风暴，今天晴朗但是北风依然强劲，似乎它永远要这样继续下去。今晚又是风平浪静。假如没有洛克威尔在身边，我甚至会冒失地趁夜里驾船去苏厄德。奥尔森今天就像是真正的圣诞老人，送给我们一些酸牛奶做的奶酪，还有一条用盐腌制的鲑鱼。照他的话说，这条两岁的大鱼值得我们"尝一尝"。晚饭还有许多他用山羊奶做的黄油，这种着色的黄油看上去比纯的白色羊奶黄油更诱人。

今天我们砍倒了两棵树——非常小的树。现在整晚火炉都烧得很旺，木柴消耗非常快。好吧，让我们再一次祝愿，明天能够出发。

11月27日，星期三

假如我们知道今天的天气如何变化，我们一定会鼓起勇气出发。天气晴朗但很冷，刮着西南风。上午的狂风声色俱厉，下午风

日 志

上床睡觉

日志

停了,然而我们却没有做好出发的准备。唯一的补偿,是我画了一幅小尺寸的油画。朦胧的微光和飘动的云层,就画在几天前开始的一幅尺寸很大的油画《超人》的画布上。奥尔森借给我他的"食物盒"。这个适合去杂货店购物的小木盒子,有可以扣紧的盖子,是育空河淘金者的标准装备之一。现在里面装着我的应急食物、写好的信、圣诞礼物和去苏厄德需要的所有用品。

洛克威尔给他的宠物小松鼠穿上一件毛衣,带它出去散步,他们就像亲密的伴侣,一起在树林里走了很远。回来之后,他画了一幅穿着冬装的小松鼠肖像,是给妹妹克拉拉的圣诞礼物。

11月28日,星期四

持续多日的等待,已经让我神经焦虑。今天的绝大多数时间,我都在摆弄马达。它目前能正常地驱动螺旋桨——在水桶里。这种外置小型马达的问题在于,一旦淋水就会停转,而它通常就暴露在船尾,很容易被海浪打湿。这正是你最不愿遇到的情况,因为停转的马达——或者说螺旋桨——成了累赘,你想用桨来划船却无法保持正确的航向。这种外置马达,通常直接挂在船尾,可以便捷地拆下来放进船里。然而我的马达却嵌在船尾的一个凹槽里,即便船在岸上的时候,拆下它都要费尽周折,而且它的重量超过一百磅。假如在海上果真发生刚才所说的故障,那实在是难以想象的噩梦。

日志

漂流木

当然我应当强调，这个马达是随着买船免费给我的"添头"。

又过了一天。今天夜里我们睡得很早，天亮前如果没有起风，我们就立刻出发。

11月29日，星期五

昨天夜里有一场从东而来的风暴。几股强风袭来，我们薄薄的屋顶似乎会被掀起来。当然，屋顶足够坚固，但是强风的巨响伴着树林里冰雪从树冠掉落的声音，着实可怕。早晨风暴变弱了，开始雨夹雪，几乎全天都是强劲的东风。令我愈发绝望的是，下午有一艘轮船驶向苏厄德。它无疑会在明天离开。我寄出圣诞节的信件、礼物的机会又少了一次。

今天的油画发挥格外出色，我感觉如同身在第七层天堂[1]，抵消了不能去苏厄德的沮丧。晚上奥尔森过来坐了很久，他默默地坐在旁边，耐心地看我画墨水画。窗外雪下得正紧，明天将会怎样？

弗朗西斯·高尔顿[2]这位探究人类体质的学者，如果他知道洛克威尔给某些人的名字配上颜色，想必会点头微笑。洛克威尔非常自

---

1 在但丁的《神曲》里，共有九层天堂。
2 弗朗西斯·高尔顿（Francis Galton, 1822 — 1911），英国科学家和探险家。他的学术研究兴趣广泛，包括人类学、地理学、统计学等方面。他是查尔斯·达尔文的表弟，深受其进化论思想的影响，是优生学的奠基人之一。

日志

然地认为,这些名字都对应特殊的颜色。我的女儿卡拉拉,也会把名字和颜色联系在一起。"父亲"(Father)是蓝色,"母亲"(Mother)是深蓝色。从洛克威尔举出的例子可以看出,名字里明显的宽元音,让对应的颜色变浅。凯瑟琳(Kathleen)的名字就是浅黄色,非常浅。这会儿该去吃几口夜宵,今天我只吃了两顿饭——然后去睡。

VI 出行

12月5日，星期四

11月30日那天，我们天亮前就起床了。温柔宁静的早晨，树枝上淅淅沥沥地滴着融化的雪水。我们没有吃早饭，拿起准备好的行囊赶到小船旁边。奥尔森也过来帮忙。去一趟苏厄德，总是需要准备充足的用品：汽油、润滑油、工具和我的大背包——里面塞满衣物、厚毯子、备用的靴子。还有奥尔森借给我的"食物盒"，里面装着信、书、食物和长笛。马达的状态良好，迅速发动起来。我们的船驶入海湾的时候，天色刚刚放亮。

四周是宁静的美景。仍在海平面以下的太阳，射出一道道亮光，云层从灰色转为粉红，粉红又变成金色。过了大约一个多小时，山顶被金光照亮，我们知道太阳已经升起来了。海面上始终风平浪静，但是我竟然不自觉地唱起歌曲《魔王》[1]。带着洛克威尔

---

1 《魔王》是歌德的叙事诗，讲述父亲怀抱生病的孩子，在黑夜的森林里骑马飞驰，森林中的魔王不断引诱孩子，孩子发出惊呼，最终在父亲的怀抱中死去。日后舒伯特根据此创作了同名歌曲。

日志

出海,让我紧张到了如此地步。洛克威尔裹着一件奥尔森的羊皮外套,乐滋滋地享受着旅程。

我们在一个捕鱼的营地停留了片刻,并没有靠岸,只是在船上和住在那里的渔夫聊了几句。他刚刚在树林里抓到一条很大的狼獾。我们婉言谢绝了早饭的邀请,抓紧时间继续赶路。

到达苏厄德,我们把行李存放在奥尔森充当仓库的小木屋,它只有八英尺见方。然后我们去旅馆。一位朋友遇到我,惊喜地叫道:"你们躲在狐狸岛这么久,真是太明智了。"

我这才知道,城里有三百五十人染上了可怕的流感,还出现了几例天花。[1]所幸死亡率很低,目前疫情已经被控制。但是保险起见,我仍然不愿意住旅馆。有朋友请我们暂住在一座空闲的小木屋里。我们很舒服地安顿在那里,就急不可耐地把收到的邮件铺开。我收到的包裹没有拆封,直接寄存在旅馆,在苏厄德的几天里我们一直没有换衣服。半夜时分,我的朋友奥托·鲍姆帮我一起把船拖上岸,倒扣过来。我继续写信直到凌晨3点半。

12月1日和我们在苏厄德逗留的后几天,天气都很晴朗。整个白天我都在屋里忙着写信、制作圣诞礼物。美国大陆来的邮轮11

---

[1] 1918年席卷全球许多国家的大流感,总计致死人数约三千万。

日志

削木棒的人

月30日进港,第二天夜里(12月1日)就要启航。洛克威尔在苏厄德结交了几个男孩子朋友,一起在街道上玩耍。晚上我来到邮政局长的家,唱歌、吹长笛,尽欢而散。尽管远离外面繁华的世界,苏厄德居民们的思想都很开明,他们都非常友好,从不过分好奇地盘问。

我并不相信,偏远地方的人必然有井底之蛙式的狭隘。阿拉斯加人都有敏锐、警觉的头脑,勤奋又勇于冒险。这里的人们坚实地

日志

自强自立——难道不是每个人都理应如此吗?这里没有现代社会令人迷惑的繁杂纠葛。每个人都依靠自己的双手,从荒野的石缝里挖掘财富,任何人都不会是其他人的主宰。在我目前到过的所有地方,这里是最理想的土地。

久居荒岛的我们,踏进这座遥远的西北边陲小城,能够最透彻地看清它玫瑰色的梦想。我们来得正当其时,看到了已经发生巨大变化的苏厄德。我既对阿拉斯加充满信心,同时也相信未来的苏厄德不会是一个典型平庸的阿拉斯加小城。"太平洋岸边的纽约"——这里雄心勃勃的贸易委员会勾画了远景。然而目前的五百多名居民,只是数年前众多居民留下来的一小部分。当时政府承诺,要建成从这里通向阿拉斯加内陆的运营铁路,居民们满怀期盼却发现迟迟无法兑现,如同被公开地戏弄,结果当然是愤怒地离开——其实头脑清醒的人,应该明白苏厄德最初建立的目的,就是投机而不是工业。轻易改变发展的航向,很可能只会带来损失而不是利润。这里没有充沛的资源,因此难以发展工业。

苏厄德为它的未来做好了规划,为发展商贸建成了必要的设施。在规划图纸上,宽阔的街道和整齐的街区令人向往,当然在没有长远眼光的人看来,这里仍是遍布灌木丛和树桩的荒野。已经建成的城市核心,是一条有两个街区长的街道,电气化的路灯和混凝土路面颇有现代模样。沿街是品质很好的商店、两家银行和几家小旅馆。城里有从纽约著名的沃德面点公司请来的糕点师,还有来自

日志

圣路易斯市著名的白金汉旅馆的法国理发师。一所不错的文法中学、一座医院和各种宗教的礼拜堂。还没有公共图书馆,显然它不是当地人迫切的需求。

苏厄德是一个商贸小城,商人的眼光仍占据上风。面对现代的新生事物往往保守地抵制,甚至一想到工人组织的威胁就浑身战栗。城里三个卖报男孩的罢工,就让本城报社的老板怀疑这是第一次世界大战的阴谋。但是苏厄德的当地人都对小商人的恐慌一笑了之。这座小城最大的问题是它自身,而它最大的财富是凑巧在此落脚或者阿拉斯加各地路过这里的能人。

12月2日,是购物的日子。我买了各种圣诞节需要的物品,包括圣诞树上挂的礼物和装饰、节日需要的食品,还有给奥尔森的小礼物,但是没有给洛克威尔的礼物。他应当和我一样,接受一个没有礼物的圣诞节。又写了几封信。完成一幅木刻,但是看起来毫无价值。晚上我去找摄影师思怀兹,他拍摄了苏厄德各处景物的明信片。他属于最聪明、最有趣的那种人,生活阅历无比丰富。度过了一个愉快的夜晚。晚上洛克威尔去了布朗奈尔家,享受温暖的大壁炉和美妙的留声机,他们一家都很喜欢这个孩子。他独自回到住处,先睡了。

12月3日,还有很多信和杂事需要处理,所以我决定比计划多

日志

停留一天。傍晚时分在布朗奈尔家,为他的房子装了一个门框。邮政局长也来到他家,整个晚上我们轮流唱歌,邮政局长唱了一首爱尔兰民歌,美妙绝伦。白天除了写信,我也到外面找朋友聊聊闲话。城里的建筑承包商布鲁塞斯和努恩都是了不起的人物。老努恩曾经是投机的探险者,如今已经发迹到"根基牢固",可以安稳地凭自己的手艺挣钱。布鲁塞斯心灵手巧,熟悉各种机械。他制作一种六条狗拉的雪橇,适合送邮件到阿拉斯加偏远的内陆。每一架雪橇卖一百二十五美元,但是物有所值,做工精美,既轻便又很牢固。

我听到一个关于奥尔森的故事,值得在这里记一笔。某一次他向一群听众讲起驯鹿群向北方迁徙的壮举。一个犹太人觉得他在吹嘘,想要戏弄他一番:"嘿,奥尔森,要是你把一头驯鹿和一个瑞典人杂交,会生出什么?"

"生出个犹太人。"奥尔森不假思索地答道。那个犹太人如今还住在苏厄德,但是再也没有招惹过奥尔森。这个老头儿的诚实和直来直去,让他在城里的口碑极佳。

当天晚上,我遇到斯隆医生,一位有一长串职业头衔的苏格兰人,为人极其和善。他诚恳地邀请我下次到苏厄德的时候共进晚餐。我在这里受到的礼遇,想必是因为南太平洋铁路公司的麦克考米克对我大加吹捧,我听不同的人说起此事。我收到的邮件当中,有一封来自阿拉斯加的铜河铁路公司经理的信,邀请我免费地往返乘坐该公司的列车,我答应明年春天去体验。这都要感谢麦克考米克。

日志

身处这样的环境，我非常欣慰。这里的所有人都自立并且警觉，因此并不把别人的警觉当作冒犯。勇于担当是人人皆有的美德，丝毫也不会引起怀疑。在这里，每个人都尽心管好自己的事情，不去骚扰别人。

12月4日，我们启程回狐狸岛。出发前用了两个多小时处理完在城里剩余的事务。布朗奈尔帮我们推船下水。马达理所当然地折腾了十五分钟才运转起来，然后它表现得很出色（并非理所当然）。驶出四分之一英里，我发现洛克威尔把我们的钟忘在奥尔森小屋旁的雪地里，只得掉转船头回去。布朗奈尔看到我们返回，找到钟交给我们。但是一盒水果终归忘在了奥尔森的小屋，那是霍金斯送给我们的圣诞礼物。

回程一切顺利，经过凯恩角时开始下雪，狐狸岛的轮廓在飞雪中消失不见，但是我知道航向。横渡海峡过半的时候，马达罢工了。经过十分钟的较量才恢复工作。接下来运转正常，直到我们即将驶入小海湾，它又一次熄火。我不停地转动摇把，才让它复活。它挣扎着把船推到离岸边还有三四十英尺的位置，终于咽下最后一口气。这都要感谢密集的雪片，马达和我们的身上全都湿透了。

我们卸下所有的行李，气喘吁吁地把船拖上海滩，倒扣过来。我筋疲力尽，一进家门就倒在床上睡了，洛克威尔独自画他的绘本。总之，我们又回到了狐狸岛。

VII 家

12月5日，星期四（续）

　　温暖但是雨雪交加，让人昏昏欲睡，这是回到家之后的第一天。
　　我几乎没有动手作画，已经完成的墨水画当中也只有一幅值得细看:《超人》——它的确是光彩照人。画面上的天空闪耀着北极光一样的光芒，人物充满生机。无论如何，"生活"本身才是人能够感知、希望拥有的对象，是人努力用"艺术"来重新创造的目标。为了这个目标，他将动用一切力量冲破面前的限制。他需要的仅仅是自由，超越形式的限制而表达生活本身的自由！当他用艺术来预言人类未来的命运，他就会变成自己描绘的未来。他的身躯变得巨大，跃起穿透笼罩大地的云层，飞入无边无际的夜空。他神采奕奕地伸展双臂，拥抱更宽广的世界。这就是超人的精神和姿态——所以说，我正在享受快乐。重新开始工作。接下来的几个星期，不会有带来邮件的船停靠苏厄德，狐狸岛则会有更久见不到来信。

日志

12月6日，星期五

我正在读一本关于画家丢勒的小册子[1]。中世纪拥有多么灿烂的文明啊！尽管当时有这样那样的弊端。中世纪的艺术家和学者们拥有高贵的社会地位，对于和我有共同志趣的人而言，这难道不是最有力地证明了那个时代胜过当今吗？接下来我将引用丢勒日记中的一段，描写安特卫普市政厅里举行的一场宴会。

这里所有的餐具都是银器，其他用品也都装饰精美，餐桌上摆着价格不菲的肉食。官员们的夫人也都在场。当我被引导着走近餐桌，已经在餐桌两侧就座等候的人，全都起立欢迎，仿佛我是显赫的贵族。其中几位身份很高贵的主人，也纷纷向我鞠躬致意，表示他们将尽其所能满足我的一切需求。我容光焕发地在桌旁坐下，这时安特卫普的市政官阿德里安·霍利波茨向我走来，他身旁跟随的两个仆人，向我献上四罐葡萄酒，代表安特卫普市的诸位议员向我致敬。我自然要谦恭地逐一感谢各位议员。接下来，木匠行会的首领向我献上两罐葡萄酒，表示愿意为我效劳。

---

[1] 丢勒（Albrecht Dürer，1471—1528），德国著名画家，晚年在今属比利时的安特卫普、根特等地旅行。该书是英国作家摩尔（Sturge Moore，1870—1944）撰写的丢勒传记。

日志

我们度过了一段漫长而愉快的时光。直到深夜,他们屈尊亲自提着油灯,陪我们回到住处。

瞧瞧我们这个属于陶瓷浴缸的时代吧!一个人只需要抛弃今天用来衡量文明的所有标准,就会意识到他可以带着属于自己的文明来到森林深处,在艰苦中享受丰盛优雅的生活。

文明的衡量标准,不是极少数人或者许多人的贫穷或者富裕,不是君主制、共和制甚至"自由",也不是我们徒手劳作或者操控工具——文明的衡量标准,是所有这些的最终成果,人类精神不可磨灭的记录——艺术!在许多简陋的作坊里,为温饱而挣扎的无名工匠们,正在书写当今美国文明的讣告。这就是美国文明留给后代的唯一记录。

今晚打破了先前我见过的狂风纪录。西北风愤怒地冲进我们的小海湾。窗玻璃上结起一层盐霜,风卷起的水雾变成云团,遮住了周围山峰的下半段。屋顶下的木椽在狂风的压力下弯曲。不知来自何方的冰块,砸中屋顶,发出雷声一般的怪响。挂在屋顶下的许多绷好油画布的木框,不停地摇摆碰撞。从墙缝钻进来的冷风,在小屋里随意乱闯。可怕的寒冷混杂在各种怪叫组成的噪声里,让人觉得滑稽,洛克威尔和我瑟瑟发抖,却忍不住笑出声来。幸好今天我们额外地多劈了一些木柴。

昨天夜里开始起风,半夜的时候火炉灭了。我凌晨2点钟醒

日志

来，寒冷刺骨。我在木柴上浇了很多煤油，炉火重新点燃，我上床去继续睡个好觉。人体短时间暴露在寒冷当中，其实算不得什么。许多次我赤身裸体站在外面的寒风中，只要回到屋里立刻就暖和过来。今天烤面包，成果非常出色。画画，哆嗦，写作。今天晚上我计划完成一幅墨水画，名为《众神的命运》。但是这会儿晚饭已经做好，两具饥寒交迫的肉体，不顾一切地扑向他们的玉米粥。

12月7日，星期六

起床晚了！现在我们有一个钟——是我在苏厄德偷的。我们的生活有了制度和时刻表。潮水在新雪覆盖的海滩留下清晰的印记，我利用涨潮的时间来对表。我们在7点半起床，太阳还没有升起，但是天色已经很亮。迅速地做完和吃完早饭，热血沸腾地跳到屋外，顶着凛冽的北风投入每天的第一项工作：锯木劈柴。我把奥尔森吓走了——可怜的老头儿。天刚黑，我结束画画之后，立刻去他的小屋问候作为补偿。

这会儿是夜里11点，而我仍在阅读。今天夜里非常冷，风势越来越紧。哦，昨天夜里！——我四次起来照看"食量"骇人的火炉，即便这样水桶里还是结冰了。不能让小屋里的气温接近冰点，因为我们储备的物品都敞开着摆在架子上。准备圣诞节喝的苹果酒如果

日志

"起床!"

日志

冻成冰,罐子就会炸裂!今天我在室外画油画——穿着套鞋而不是雪鞋,忍耐着寒冷直到你能够想象的极限。爱上寒冷,是青春的标志——而我们爱寒冷,这位严厉的唤醒者。

12月8日,星期日

苔藓填塞墙上缝隙的小木屋,在热带地区应当广受欢迎。现在的我快要冻僵了。我必须用重物压住工作台上的纸,否则纸就会满屋乱飞。寒风像冰的刀刃,刺骨地冷。奥尔森安慰我们,整个冬天都不会比这样更冷了。当然,我们并不十分在乎。红红的炉火烧得正旺,我们紧紧地靠在炉子边。床上很暖和——除了每天的黎明时分。夜里我把装酵母和苹果酒的罐子放在火炉边,另一个气密式炉子里添满木柴。把毯子和外衣都堆在床上,睡得很香甜。

寒风继续咆哮,幸好它还没有使出全部威力。今天上午,洛克威尔和我尽快做完了日常的家务,然后爬上那道矮一些的山脊。树林里的雪结了一层坚硬的冰壳,我们很轻松地走在上面,爬到了山顶。啊,一派壮丽的景象:如此鲜艳的蓝色、金色和玫瑰色!我们向下望去,浪涛堆积在伸进海里的岬角周围。更远一些的海面上,从山上吹下的雪沫,变成云雾迎着阳光飞舞——阳光,灿烂的阳光直射在我们身上。

我们拍了许多照片,手指和脚趾全都冻得麻木,然后假装是被

日志

熊追赶的猎人,跑下山坡。洛克威尔干净的小脸通红,看上去实在可爱。他喜欢这次短暂的出游。

接下来的时间都在工作。我绷好三幅大尺寸的画布,再刷好底料,这些杂事真令人厌烦。画了一会儿油画,然后锯木头,去砍一棵树——树将要倒下的时候,被风吹得斜靠在另一棵树上,既不能直起,也没有倒下——今天就这样过去了。又是夜里的11点,该去睡了。夜晚的景色很美,尽管冷得可怕。一轮新月正要落到山峰的背后。

12月9日,星期一

狂风比以前更猛烈,也更冷。蓝天一整天都躲在水汽聚成的云层后面。海湾里白雾蒸腾,海面如同煮沸了一般。一排排巨浪相互追逐,拍击着岸边。实在是可怕的天气。奥尔森又一次大胆预言,这就是今年冬天坏天气的极限,但是我已经很了解他了。上午我去砍倒了被斜靠着的那棵树,两棵树都倒了,发出震耳的巨响。然后我们锯开树干,准备今天要用的木柴。

下午奥尔森过来,回忆起他早年在诺姆[1]淘金的经历。

---

1 诺姆(Nome)和圣迈克(St. Michael),都是靠近白令海峡的阿拉斯加小城,在19世纪末的淘金热时期兴盛。

日志

男人

日志

  一艘捕鲸船为了补充淡水，在阿拉斯加北部的海岸停靠。从船上赶下来一个人。他原先是住在旧金山的裁缝，被绑架上了捕鲸船。他沿着海岸向前走，偶尔有爱斯基摩人帮助，他终于熬到了诺姆。爱斯基摩的男人们都不在村子里，一个女人收留了他，她有一个英语名字叫玛丽。玛丽听说在育空河沿岸发现了金子，问他是不是矿工。他回答："是。"玛丽领他来到一处小河边，水底有闪闪发光的金沙，但是裁缝根本不知道那是什么，更不用说怎么淘金。他继续向南流浪，好不容易到了圣迈克。在那里他遇到一个传教士和一个跟随大批淘金者来碰运气的小伙子。

  三个人一道乘小船回到诺姆。关于他们如何来到诺姆，有不同的说法，但是我亲眼看到，他们坐的那条小船就在海滩上。三个人看到了河里的金沙，但是仍不敢确定那是不是金沙。小伙子想法找到了和他一起来阿拉斯加的一个淘金者，那人一眼就断定这是上等的金沙。于是他们宣称这片河边的矿床是自己的领地。就在他们开始动手淘金的时候，诺姆发现金子的消息很快就传开了，许多人涌向这里。我在育空河附近也听到了消息，我赶到诺姆的时候是秋天，离那三个人发现金子已经过去一年多，诺姆遍地都是淘金者。

日志

有人已经划分好地块正在出售。我买下诺姆西北角的一小块地,在苔原上(表面长着植被的冻土,靴子踩上去又湿又软),当时地块里有一顶帐篷和一些木头,我也一起买下了。有一天我淘金回来,发现帐篷和木头都被偷走,我只能花三十美元,买了木料重新搭帐篷。那时候,各种各样的人像潮水一样涌向诺姆。那些已经占有一片河边矿床的人,几个小时就能得到值五千美元的金子。那含金的沙子实在太重了,一个人根本搬不动一盆。

有人闯进我的新帐篷,逼着我滚开,当时我除了刀子没有别的武器,只得借了十美元,给人洗金沙,挣每小时一美元的工钱。城里很快就来了一个法官和一个律师,都是不折不扣的恶棍,忙着去骗那些已经占到矿床的人。他们公开宣称,无论属于谁的矿床,你看见就只管去抢。打起官司来,律师帮你从原先矿床主人那里敲诈到手的钱,肯定比你淘金挣的更多。如果你没有钱的话,根本别想守住自己的矿床。那一大群人可真是热闹啊。赌徒、聪明人、演员——各种各样的男人和女人,都像疯了一样——他们满脑子装的只有金子。妓院的门永远敞着,大白天也有人抢劫,很多人都搂着枪睡觉,随时预备还击。几千人挤在海滩上,像成群的苍蝇,随便看到一片土就用镐挖开找金子。他们挖开了从诺姆向东和向西两边十英里的海滩,泥沙全都铲进海里。有人在印第安人的村子里挖塌了房子，甚至连墓地都被掀开了。

　　奥尔森的故事仍在继续。正如在苏厄德一个老拓荒者告诉我的那样，奥尔森的后半生就是阿拉斯加的历史，因为他从未在任何地方发财，只得不断漂泊，尝试各种行当。经过我不称职的转述，这个发生在诺姆的故事遗漏了很多精彩之处。他记得许多生动的细节，包括故事发生时每个人讲的话。有趣的是，故事里的他和我知道的这个老头儿，性情和做派总是一模一样。

　　假如没有一整天令自己满意的充实工作，我就不会耗费这么多时间写今天的日志。尤其是一幅新的墨水画的构思，已经完整地浮现在我眼前，动笔画下来只是简单的记录。这幅画名叫《北风》。毫无疑问，过去的这四天让我有足够的自信描绘北风王子的模样。

日志

女人

日志

12月11日，星期三

昨天暗淡无聊，不值得浪费一页日志。至于天气，仍然是狂风呼啸、寒冷彻骨。至于工作——没有任何成果。在这种天气，奥尔森守在自己的小屋里，他的模样值得仔细欣赏一番。我推开门进去，看见他坐在火炉边，头戴黑色的阿斯特拉罕羊毛帽，两只母山羊在屋里像主人一样自在。产奶的母羊南妮，把头放在主人的膝盖上，奥尔森轻轻地挠它的头，南妮惬意地眯着眼睛。

"你瞅瞅它漂亮的小脸，还有可爱的小嘴儿。"奥尔森对我说。他无疑是最能善待动物的人——同时也善待他的同类，这一点我们有足够的证据。

今天的天气略微好转，海湾里浓雾低垂，雄伟的山峰在阳光下银光闪烁。

今天的劳动成果丰硕。做面包——非常成功、劈木柴、帮奥尔森做一点儿小事，还有和儿子在屋里打闹翻天，他是一个出色的小斗士。为了提前准备他日后必然要面对的战斗，我训练他使出全力来打我，结果却让我有点儿吃不消。

12月13日，星期五

写信的时候，我停下来画了一幅形状奇特的云团。我的工作方式就是这样。如果在室外锯木头或者劈木柴，灵感乍现，我就立刻跳到画布前记录下来。我越来越清醒地意识到，这种状态的隔绝——不是和朋友们而是和恶意的世界隔绝，是唯一适合我的生活状态。

我无法约束自己放纵的精神，也无法忍受把生命耗费在城市里盛产的争斗、表演和毫无价值的琐屑上。这里是多么祥和的庇护所啊！让这座天堂变得完美的最后一点笔触，是老奥尔森淳朴的天性。我从未见过像他这样的人。我向来不崇拜"诗情画意"或者以粗野为美的性情。仔细观察，你会发现它们往往既愚蠢又粗野。我曾经近距离、不带理想色彩地接触过许多劳工。但是奥尔森！他直爽却又懂得人情，善良又有礼节，无法塞进任何一个阶层的抽屉，而这才是真正的人应当占据的位置。

今晚的景色就像我刚刚完成的这幅画。这几天的天气都很好。昨天小海湾里风平浪静，景色如同美丽的夏日。天空碧蓝而且几乎没有风，正适合一天忙碌的作画，我完成了《北风》，截至目前自己最满意的一幅墨水画。我把它画面朝外立在门口，站在远一些的地方欣赏，依然有强烈的效果，甚至比真实的大自然更生动、更精彩。这是我第一次把墨水画放在明亮的光线下，应当在这种光线下欣赏。

昨天夜里一片宁静，直到凌晨4点钟，风开始在树林里呼啸，我们的屋顶随着吱吱呀呀地呻吟。今天风小了许多。上午第一件

预感

事，是去砍一棵树干直径两英尺的云杉，现在它就躺在小屋外的灌木丛旁边，它的木材足够我们用几个星期。我在室外画两幅油画，忍着刺骨的寒冷——蹲在雪地里，弯曲的膝盖里血流缓慢，脚冻得失去知觉，手指僵硬。幸好温暖的小屋就在近旁……

这会儿我刚刚在月光下劈完木柴回到屋里。如果白天作画持续好的状态，家务就只能留到晚上。

要是我能如实记下奥尔森讲的所有故事，那该多好！昨天晚上，他讲了自己三十年前从育空河回到旧金山时的情形。一小队形容憔悴、步履蹒跚的矿工，重新走进文明世界。奥尔森得了坏血病，拄着拐杖。他的头发和胡子已经一年没有打理。他们全都穿着破烂的工装，须发蓬乱，背囊里装着各自的财富，某些人的金块价值达到七千美元。[1]奥尔森讲得绘声绘色，你仿佛跟着他们走进旧金山的"芝加哥旅馆"，看见那位德国老大妈店主。她把一大堆食物铺在桌子上，任由他们享用。她叫道："我晓得你们这帮人在阿拉斯加过的都是什么日子。现在你们回来啦，就该享受点儿好东西。只管告诉我你们想要什么，我都能端上来。"

一个高个子喊道："我记得我妈妈从前经常做卷心菜，我想要你煮一个大个儿的卷心菜，我一个人吃光！"当天晚上，他们穿着矿工的脏衣服来到音乐厅，喝下一桶又一桶啤酒。包厢里的姑娘们看到

---

[1] 19世纪80年代美国从事机械制造的工人，日薪大约一至二美元。

日志

这些花钱如流水的硬汉,心急地等候他们邀请。两天后,他们把自己的金块换成金币,全都在裁缝店置办了像样的新衣服。然后接着四处闯荡。他还讲到卡斯特屠杀[1]。今天晚上他讲了另一个神奇的故事,全靠他的马认路,猎人才找到了自己以前设下的夹具。当马驮着你游过河的时候,你只能用手摸着它的脖子来调整方向,千万不能拉缰绳,否则马很可能朝后仰,连你和它自己都会沉下去淹死。

12月14日,星期六

毫无价值的一天。除了日常的家务,作品没有任何的进展。这样的一天有什么可讲呢?

晚上,奥尔森拿着他写给凯瑟琳的信,读给我们听。信里满是俏皮话,简直就是活脱脱的他本人在讲话!"她会想,这到底是怎么样的一个蠢老头?我才不在乎呢。我只管想到什么就说什么。"他向来如此。他以某种温和的方式,生活在布莱克的一句格言里:"永远讲实话,恶人自然会躲开你。"有些人认为奥尔森脾气古怪,很难打交道。

晚上做完面包,我用自制的工具,给七十五个信封打上别致的

---

[1] 卡斯特屠杀(Custer's Massacre)。1876年6月25日,美国军队的卡斯特中校率领两百名骑兵,在蒙大拿州与印第安人激战。全军覆没,其本人阵亡。

日志

纹章。夜里没有风，天空阴霾，开始下小雪。今年冬天的雪一直很少，我本以为积雪会遮住窗子，碰到屋檐……我的床在等待主人，晚安。

12月15日，星期日

又是平淡无味、不值得记录的一天，从生命中剔除它也毫不值得怜惜。

我想再讲一讲洛克威尔，这个狐狸岛上活蹦乱跳的小国王。已经有好几个星期，我没有记录他怎样利用这里的一切自得其乐。他今天仍是这样。连着几个小时，独自在屋外玩。他手脚并用地在一棵我砍倒的大树树干上乱爬，学豪猪的样子蹲上树枝。他把身子埋在树叶里，不停地发出凶猛的吼叫——玩几个小时还不过瘾，几只愚蠢的山羊被他吓得躲到远处，狐狸也在围栏里狂躁地窜来窜去。过一会儿，他又变成一头草食动物，认真地嚼着云杉的针叶。他生活在自己造出来的那个充满奇异动物的世界里。有时候，他跑到海滩上，像四岁的孩子那样把木棍当马骑，用最大的力气发出怪叫。或者当海浪后退的时候，跑着追赶浪头。我叫他过来拉锯，他干起这个活儿，从不知疲倦，就像一个成年人那样老练。他干起活儿来从不叫苦，把最辛苦的家务活也当成乐趣。某些时候，他也会觉得孤单，告诉我他希望有人和他一起玩，但是说完总忘不了很轻松地

日志

加上一句:"嗨,其实也没什么。"

我不知道,这种毫无头绪的教育照此继续下去,他如何面对日后"现实"的生活。然而事实让我相信,如果所有正在萌发的童真精神,能够自由自在、干干净净地生长,避开粗暴的集体教育,我们将会收获一个个充实而健康的心灵——想要培育理想的超人,没有人能做得比这更好。

接下来的例子,证明了洛克威尔惊人的想象力,而在一所庞大的学校里,这种想象力恐怕难以长久地幸存。有大约两三年时间,洛克威尔把自己当作"万物的母亲"。他并没有挂在嘴边,而是一种生活的态度。假如这种话出自某位诗人之口——这并不稀奇,那么识货的评论家就会将其捧为最深刻的现代思想。爱护所有动物,从最凶残的到最温顺的动物,乃至一切有生命的东西,是小洛克威尔流露出的天性。在他全部的天性里,找不到哪怕是一丁点儿男孩子对生命习以为常的残酷。

我从不认为洛克威尔是这个年龄孩子们当中的异类。聚在一起的男孩子们,的确最容易滋生残酷之心,然而许多内心敏感的孩子都自然而然地热爱动物。有一件事我确信无疑,在某些愚昧的孩子眼中,最滑稽可笑的事,莫过于另一个孩子对于生命无微不至的爱护。至于这样或那样的教育体系会对孩子产生怎样的益处和损失,我相信,如果一个孩子失去了本能的爱心和教育无法唤起的冲动,无论什么样的益处都不足以抵消。

日 志

"于是人们去到那里,……忘掉他们自己。"

日志

12月16日,星期一

我发誓,我和G.B.[1]毫无相似之处。我剃光了头发,在头上抹了油。现在,我们的头顶结构才具有明显的相似度。人们说谎。只有从高处的窗户俯视——比如像游行队伍里的名流——才能看到我们闪亮的肉质穹顶,还有我们的鼻尖。只有这种场合我才承认我和他之间有被认错的可能性。

好吧,不妨告诉诸位,三十六岁剃光头时候,我发现肉质穹顶的表面质感就像是皮沙发——光滑的表面上点缀着少量凸点,或许它更像老式音乐盒的转筒。没错儿!为了改变音乐盒的曲调,我也会给它涂煤油和蓖麻油。奥尔森的理发推子(完全由我自己操控)和我的剃刀陪伴了我几乎一整天。我想不起来今天还做过其他什么事——只有温存的小雨提醒我,一整天的天空始终阴沉而平静。

12月17日,星期二

从前有一个矿工死了,他费尽气力找到天堂的大门。

---

1 美国著名画家乔治·贝洛斯(George Bellows,1882—1925),是光头的形象。

日志

孤独的人

日志

"你想要什么?"守在门前的圣徒彼得问他。

"进去呀!这还用问。"

"你活着的时候做什么?"

"我是矿工。"

"我们从来没有接待过矿工,"彼得考虑了片刻说道,"不过我还是放你进来吧。"

天堂里的街道金光闪闪,这个矿工刚一进来就挥起铁镐,想找到金子。他挖出一座座深坑,把天堂搞得一团糟。这时候,另一个矿工出现在天堂门外。

"你压根儿别想进来,"彼得惊恐地喊道,"我已经放进来一个矿工,正在发愁怎么把他赶出去。他快要把天堂毁了。"

"唯一的办法就是放我进去,我保证让他马上离开。"

彼得将信将疑地放他进来。第二个矿工很轻松地找到正在头也不抬地挥镐挖土的同行,他用低低的声音在同行的耳边说:"嘿,伙计,有人在地狱挖到金子了。"

第一个矿工立刻跳出土坑,冲到天堂的门口:"彼得!彼得!快开门,让我出去,我要下地狱!"

我的日志快要变成探险故事和笑话的集锦了!今天的工作进展——天气更加恶劣。倾盆大雨。对于12月末而言,气温算是很温柔了。我估计接下来不会再有真正寒冷的天气。今晚是满月,潮位达到全年的最高点。借着东南风,潮水不断涌上海岸。如果风势

日
志

Wednesday. December 18th. Fox Island.

Sour Dough Bucket.

Here is a little bucket that stands on the shelf behind the stove. Sour Dough is made with yeast, flour and water of the consistency of a bread sponge and then allowed to stand indefinately or for ever. For all that you take out you add more flour and water to what's left in the bucket and that shortly is as fit for use as the original mixture. Alaskans use it extensively as the basis for bread and hot cakes. You add but a pinch of Soda and with dumplins of flour or water to the proper consistency it is ready for use. The old time Alaskans are called "Sour Doughs".

日
志

Olsen's cabin in Seward stands completely on a little lot in a quite thickly settled part of the town. I wondered at his affluence in possessing a

Porridge Bowl • Plate
Cup – holding 1 Pt.
Robin's egg blue.

house and lot. Here is its history as he told it to me to-night. When Olsen first came to Seward he built – no he bought already built – a little cabin standing on a part of the track now occupied by the railway yard. In course of time he went to Valdez for a winter's work. Returning, he found no cabin. It was gone from that spot and he has not found it since. But corporations and governments are nothing to Olsen when he feels himself injured. He went to one official and said "See here! Winter's at hand and I have no house what are you going to do about it?" Well – they would see what could be done, and in time referred him to a higher authority. "I want a cabin" Olsen

日志

持续，奥尔森担心今晚海水就会淹到他的小屋。从不知什么地方被连根拔起的许多树干，张牙舞爪地占据我们的海滩，海面上挤满了远处漂来的破木和沉船上遗留的零碎。

12月18日，星期三

火炉后的架子上，始终放着一小桶面团。用酵母、水和面粉按照面包胚的配方做好面团，然后它就永远不会消失了。每次取走多少，就再加进些水和面粉，过不了多久面团又恢复到原先的分量。阿拉斯加人都用这种发酵面团做引子，只需要再揉进一点儿苏打粉和水，就可以直接做面包和热蛋糕。老一辈的阿拉斯加人，给它起了个响亮的名字："酸面团"。

奥尔森在苏厄德的小木屋，在人口稠密的街区独占一小片地。我很好奇，他以前怎么阔绰到买得起这片地和屋子。下面是今晚他讲的故事。奥尔森初到苏厄德的时候，在海滩附近盖了——更准确地说是买了——一座建成的小屋，位置就在如今铁路货场的地方。某年冬天，他去瓦尔迪兹找活儿干，回来却发现小屋不见了。他怎么也找不到自己的家。只要奥尔森觉得受了欺负，什么样的组织或者政府都不会让他皱一下眉头。他找到一个官员，质问道："你瞧瞧，眼看就到冬天了，我连安身的地方都没有。你们打算怎么办？"这个官员立刻让他去找上一级的官员。

日志

奥尔森毫不客气地告诉高级官员:"我要一座房子,你要是不给我买木头的钱,我就只能去你的货场偷木头。我没钱也没房子,眼看就要到冬天,今年冬天我总得住进房子里。"官员给他一座破旧的小木屋,让他用拆下来的木料重新盖房子,地方由他挑,只要不在海滩就行。苏厄德全城的土地,划分成了棋盘格一样的方块,奥尔森在一块已经有人占的地块盖起他的小屋,地块的主人很宽容,随他住了几年。然后某一天,主人告诉他得搬开小屋,于是奥尔森把小屋搬到了一大片空地上,当时那里只有许多大树桩。直到去年夏天,这片地要依照规划开辟成新的街道。工人们奉命来挖掉那些树桩。奥尔森告诉他们:"既然有人付钱让你们挖掉树桩,那就把我的小屋也搬走吧。"

"搬去哪里呢?"

"随你们的便。"就这样,他的小屋来到了现在这个"令人羡慕"的位置——地块也是属于某人的,但是小屋安然无恙直到今天。门前还铺着一段木板,通向街上的人行道。显而易见,阿拉斯加是一个伟大的自由国度!

今天的天气平静舒适,只有时断时续的蒙蒙细雨。海面上云层低横,遮住了山峰。除了缓缓的长涌之外,海面上平坦如镜,站在海滩上几乎看不到波浪,只能隐约听到浪的响声。黄昏时分,洛克威尔和我来到两个小海湾之间的海滩,尽情欣赏眼前的美景。日落方向的天空发出艳丽的光芒,南边的海面上露出一个个山峰挺立的

日
志

Kochian at dinner to-day begged me repeatedly to have part of his junket besides his own. I understood it for although he is always considerate and polite this was almost too much. And in other ways I noticed his alacrity to be obliging. Later in the day he told me, after much embarrassment, that he had made up his mind to be nicer about everything and to do more for me. — and I had previously found no fault with him — How could I? So here ends a day — and again I think that in this country I would gladly live for years.

日志

小岛。我们的小海湾周围的山坡上,黑幽幽的云杉树林和白雪相互映衬。在这个位置,我可以画很多精彩的大尺寸草稿,可惜我没有准备好画布。

吃午饭的时候,洛克威尔不停地央求我,让我吃完自己的那份奶酪,再吃掉他的那一份。我有些疑惑,虽然我知道他既懂事也很有礼貌,但这样做实在是超出常理。我还注意到,他很乐意服从我提的要求。今天下午,他扭捏了好久,终于羞涩地告诉我,他下定决心以后无论什么事,都要争取做得更好。他要帮我做更多事——其实在这以前,我并没有发现他有什么缺点。这一天就此结束——我又一次想到自己可以在这片土地上无忧无虑地生活许多年。

VIII 圣诞节

12月19日,星期四

今天值得铭刻在记忆中,如此美丽,如此静谧,每一根树枝和每一片树叶都托举着毛茸茸的新雪。一整天都有最轻薄的微云,随性而慵懒地飘过这里或那里,洒下细纱一样的雪雾笼罩着这片仙境。深蓝色的海面映衬着金色的暗影、耀眼的雪峰和精灵模样的树枝。今天应当全部献给生活——彻底忘掉工作。

洛克威尔和我走进树林深处。起初我们小心翼翼地踩出一条小路,尽量不打扰两旁纯净的白雪。很快他心中的小妖怪就被释放出来,他一会儿在树丛间的雪地里打滚,摇晃着树干让树顶的积雪洒下来。一会儿又躺在雪地里,让我用雪把他彻底埋起来。用雪搓脸,直到满脸通红。最后脱光衣服,来了一次痛快的雪浴。我拍了一张照片:他站在齐腰深的雪里,远处的背景是白皑皑的山峰。回到屋里,他在我们出门前烧旺的炉火前烤干身体,就像变成了另一个男孩——如果你能想象的话。上午,我们两人都去室外画速写,就像闲来画上几笔的女士们。我在不同位置画了几次,景色太美

日志

了。我们还劈了很多柴，到后来简直痛快地不想住手。洛克威尔洗完澡烤火的时候，我在树林里寻找一棵合适的圣诞树，最终砍倒了一棵树顶形状很漂亮的树。眼看就要到圣诞节了，今天晚上，炉子上炖着蔓越莓烩肉。

奥尔森过来，讲了另一个自己经历过的故事。对我来说，这些精彩的故事浓缩了已经逝去的冒险时代，我尽量如实地记下奥尔森的讲述。

1886年初冬，奥尔森离开旧金山，前往阿拉斯加的朱诺。他们一行四人，除了他和老搭档挪威人约翰，还有路易斯·布朗、汤姆·博斯威尔。布朗主动找到奥尔森和约翰入伙。他们在旧金山遇到博斯威尔，他声称在阿拉斯加淘金赚到了七千美元。博斯威尔熟悉那里的地理，并且知道哪里能找到金子，可以给另外三个人引路。他们和许多蜂拥而至的淘金者，从朱诺乘轮船来到奇尔库特，距离如今的史凯威几英里的地方。从那里开始艰难的内陆跋涉，前往育空河的源头。

每个淘金者都拉着一个长长的雪橇，上面装着自己的行李和装备，至少五百磅重，有的甚至将近一千磅。走在最前面的是第一队，是卡特和马洪的两人小组，奥尔森的四人小组是第二队，跟随着第一队留下的雪橇痕迹。终点是胡塔林卡河，在那里开始各自淘金。路途险恶，到达林德曼湖之前的二十五英里路程，要翻过一座山的垭口，爬升的高度超过树木能够生长的

日志

雪线。翻山的过程中,他们不得不从雪橇上卸下装备,每一次运五十磅。一个体格魁梧的法国人(被大家叫作"拿破仑")能够一次搬一百五十磅。下山的时候,奥尔森小组的雪橇脱手了,失去控制滑下山,最后翻倒摔坏了。当天夜里,修好雪橇之后,奥尔森喝了一种专为解乏而配的酒。他觉得那是平生喝过的味道最好的酒,酒里加了值五十美分的止痛药。

从林德曼湖开始,他们四人仍和大部队一起穿过米尔斯峡谷,然后他们脱离了其他人,跟踪卡特和马洪,向东边胡塔林卡河的源头进发。卡特耍尽花招,想让奥尔森的小队离开他们,淘金者总是希望同路的人越少越好,但是没有得逞,奥尔森一行人显然不愿意空着手走回头路。在距离目的地三四天路程的地方,两组人都存下了回程需要的给养。

到达胡塔林卡河边,两队人分头行动,忙着淘洗金沙。这时候,奥尔森和两个伙伴已经受够了博斯威尔。他出发时候带的食物,只有二十五磅面粉和一点儿腌肉,一路上全凭白拿同伴们的食物,奥尔森觉得他是个彻头彻尾的无赖。不久,博斯威尔和他们分手,独自顺着河向上游走,其他三个人向下游走。他们当中只有奥尔森做过矿工,但是他不熟悉这里的环境。约翰原先是设夹捕猎的猎人,他和奥尔森都随身带着捕猎的全套工具。布朗以前是渔夫,也养过鹅。

他们的运气极差,一无所获,后来他们追上了卡特和马洪。

日志

卡特允许奥尔森在一片他们已经试过的河床上淘金。看到奥尔森用淘金盘忙碌的结果，卡特告诉他，这相当于每天八美元的收获。这就是他们三人小组所有的依靠。他们并不甘心守着别人已经丢弃的地盘。后来三个人又踩着冰面向河的下游走。但是他们终究没有甩掉博斯威尔。某一天，他从后面追了上来，出现在河对岸，想要原来的同伙邀请他再次入伙。他在对岸的河床上淘出一块金子，朝那三个人挥着帽子大叫："快过来，伙计们，我们要发财了！"他们赶过去，金沙的情形的确诱人，相当于每天淘出十六美元。博斯威尔同意四个人分享，但是要求比常理高得多的分成。奥尔森绝不退让："要么你独占这片矿床，我们接着自己找。要么你丢下它，我们就要它。你看着办吧。"博斯威尔独占了矿床，于是那三个人继续向前走。

路易斯发现了一片很小但是出金很多的矿床，不久约翰又占了另一片，然后他们向上游走，继续寻找。他们回到博斯威尔发现的矿床，他同意按合理的比例入伙。博斯威尔说："伙计们，咱们有四个人，但是现在只找到三片矿床，我们合伙干，平均分。老实说，我没有食物了。应该让划船技术最高的人去下游取食物。"他自己正是划船的能手。奥尔森锯倒一棵大树，用随身带的刨子把木料做成木板，钉成一条小船。他们没有钉子，幸好从雪橇上拆下来的钉子很好用。到那时，他们还没有开始淘金。这一天，河边出现三个人，绰号"蒙大拿伙计"。博斯

日志

威尔认识他们,朝他们招着手大叫:"嗨,快过来,我找到金子了!"

"你搞什么鬼?他们和我们不相干。"奥尔森质问道。

"我答应过他们,找到金子就要一起分。"

"那你在我们和他们之间选吧。"

博斯威尔选择了"蒙大拿伙计"。但是两队人都在河边住下,开始制作淘洗金沙用的摇盒。博斯威尔是做摇盒的能手,他并不教别人怎么做,但是奥尔森看见他怎么做,很快就学会了,做成的摇盒甚至比博斯威尔的更好。博斯威尔一伙人开始在他发现的矿床淘金。奥尔森这一队,去下游路易斯的那片矿床淘金。淘完之后,他们再到约翰发现的那一片矿床,却发现博斯威尔一伙,已经把那里淘干净了。博斯威尔遇到卡特和马洪,正在笨手笨脚地砍树做摇盒。博斯威尔告诉他们:"别折腾了,你们去我剩下的矿床,有锯好的木板送给你们做摇盒。"卡特和马洪采纳了建议,划着木船去那片矿床。等他们四天后带着木板回来,发现自己的矿床被博斯威尔一伙淘过,人也不见了。

这些是奥尔森和卡特在寄存给养的地方会合之后听说的,而卡特非常惊讶,奥尔森居然没听说过"博斯威尔是阿拉斯加大名鼎鼎的无赖"。他前一年就偷了自己搭档的钱。

奥尔森、约翰和路易斯继续沿着河寻找矿床。他们的给养很充足。奥尔森用雪橇板改造成的鱼竿,钓上来很大的狗鱼,路

日志

易斯打死了两只小熊。他在树林里发现一只母熊，为了躲避而爬上树，却发现树枝间藏着两只小熊，他用枪打死它们，一只手提一个，飞奔回营地，生怕母熊追上来。他们划船逆流而上，水流很急而船上除了很重的装备，还有一只打死的驯鹿。奥尔森在船上掌控方向，另外两个人在岸边拉船。路易斯和奥尔森原本就算不上朋友，他不停地数落，奥尔森赌气让他来操控船，自己上岸去拉船。在河水的一个急转弯，为了躲避几根躺倒在水里的大树，路易斯手忙脚乱，船翻了——讲到这里，奥尔森低声说："当时如果我手里有枪，肯定一枪打死这个蠢货。"——可惜他的枪和毯子，还有其他所有给养都绑在船上。他们飞奔到下游，找到了船，只捞上来两支枪、一包面粉和一包燕麦。

现在，他们三人身处荒野，几乎没有给养。活命的唯一办法，就是划船顺育空河往下游去，找到名叫"四十英里"的最近的定居点——距离他们三百英里。他们遇到卡特和马洪，分到一点儿面粉、糖和盐，但是不可能给他们更多了。他们继续划着船向前。一天夜里，奥尔森被蹚水过河的声音惊醒，他看到一个动物的黑影闪过，立刻本能地开枪。他们划船去追，原来是一头很大的驯鹿。他们用绳子拖着驯鹿的尸体，找到一处水浅的河湾，跳下水，连船带鹿拖上岸。摸黑剥掉鹿皮，把肉切开，吃饱了鹿肉等待天亮。这头驯鹿无疑是上帝的恩赐，但是鹿肉很快就要腐烂了。他们向路过的印第安人讨了一些盐，腌

日志

制剩下的鹿肉,和印第安人换了两条七十五磅的大鲑鱼。终于,他们支撑到了"四十英里"!

然而,迎接他们的是同样饥饿的一群人,他们每天只能吃一顿饭,没有什么能分给新来的三个人。奥尔森身上还藏着众人没有的宝贝——烟草,他拿出来和大家分光了。所有人都在等待,直到秋天才会有船运来给养。过了不久,卡特和马洪也到了定居点。又过了几天,博斯威尔和他的弟弟乔治,还有"蒙大拿伙计"当中的一个,来到距离定居点一两英里外的上游河边宿营。他们已经抢了另两个"蒙大拿伙计"的金子。这天夜里,卡特拿着上了膛的双管枪,摸到博斯威尔的营地旁,等待仇人出现。然而直到天亮才发现,对方已经溜掉了。博斯威尔那三个人,划着船来到下游的一个小镇,用金子在杂货店里买了许多给养,逍遥地隐居在河里的一个小岛上,盖起一座木屋,还搞到一个印第安女人做伴。

另外几个淘金者路过小镇,听杂货店老板讲起出手阔绰的那伙人。他们看到博斯威尔给店老板的金块。内行一眼就认出这是假的,是铜和银的合金,表面镀了一层金子。他们让人传话给博斯威尔,不要坏了规矩,但是得到的回话是"少管闲事"。

博斯威尔已经做好被包围攻击的准备。他把木屋的四面墙都从外面用木板钉死,只留出几个孔洞。淘金者们下了最后通牒,在他们攻击之前,对方最好老实地投降。博斯威尔投降了,他

日志

们一伙仍然住在自己的木屋里,直到来年春天。他们都染上了病,乔治·博斯威尔奄奄一息。他的哥哥汤姆和那个"蒙大拿伙计",还有另一个淘金者(奥尔森听说是那年冬天离开"四十英里"的路易斯),三个人划船顺河而下,到了俄国传教士的地盘。然后又到了卡斯科奎姆河附近,在那里混迹了一段时间。最终搞到一条小帆船,在白令海漫无目的地闯荡。后来他们来到阿留申群岛上的乌纳拉斯卡,从那里乘轮船回到阿拉斯加本土。

十年之后(1897年),奥尔森在西雅图遇到汤姆·博斯威尔,他装着一只木质假腿,现在是著名的"木腿汤姆",开了一家专门服务淘金者的"信息公司"。在白令海,他被北极熊咬伤,在乌纳拉斯卡的医院齐着大腿根做了截肢——并不是如他所吹嘘的那样,自己亲手切掉的。他多次返回阿拉斯加,充当淘金者的向导,带他们去找所谓的"木腿金矿"。然而那一带河边已经找不到太多金子了,他在顾客当中逐渐丧失了信誉,生计没有着落,居然沦落到抢劫印第安人。当他躲在道森城的时候,一个印第安人领着武装的警察前来抓捕,可惜他已经在三天前逃脱了。此后他的下场怎样,奥尔森就不知道了。

奥尔森和约翰留在"四十英里"过冬。在那里过冬的一百一十七个人当中,有二十六人得了坏血病,全都死在营地,包括那个巨人"拿破仑"。第二年春天,包括奥尔森在内的淘金者们登上大船出发,经过下游小镇的时候,有人提议带上汤姆

日志

该隐

的弟弟乔治，但是许多淘金者都反对，声称他就是上了船，也要把他扔进河里。后来，乔治自己设法回到了圣迈克。原本有人要控告他，但是由于缺乏证据，只得作罢。1888年奥尔森回到旧金山的情形，前面已经讲过了。

12月20日，星期五

一场雨，让美丽的积雪迅速地消失。而五天后就是圣诞节，地面上很可能几乎没有雪。想想看，一个在阿拉斯加却没有雪的圣诞节！

今天没有任何值得记录的事。上午的一部分时间，用在给锤子装一个新的手柄。每天真正的白昼只有将近一小时，不可能长时间在室外画画。这几天时间飞逝，似乎什么都没有做。想要有些成果，必须在油灯下熬到深夜。

12月22日，星期日

昨天和今天，都是瓢泼大雨，但是并不算烦闷。我们利用雨势间歇减弱的时段劈柴、取水，并没有什么不方便。今天早晨，奥尔森担心反常的温暖天气持续下去，湖上的冰层融化，那样的话他用绳子系着存在冰洞里的狐狸食，就会沉入水底。他来到湖面中央，

日志

超人

日志

把冰洞里的几袋狐狸食都取了出来。冰面已经非常脆弱,他带着一根绳子系在身上,我在湖边抓住绳子另一端,以防出危险。

洛克威尔在家里坐不住,自己跑出来找我们,但是我们在回去的路上没有遇到他。幸亏我到家不久就出门大声喊他,原来他来到湖边,没有看见我和奥尔森,却看到离岸不远处有一片融化的湖水,他居然以为我们两个落水淹死了。听到我的喊声的时候,他正准备蹚水过去看个究竟。他跑回我和奥尔森身边,激动得说不出话。

这两天我都在忙着家庭主妇的琐事,做面包、洗衣服和补衣服。这会儿,湿漉漉的衣服晾满屋里各处。这里取水要走很远一段路,所以雨天反而是洗衣服的好日子。补袜子实在让人厌烦,我们当初应当带更多袜子,不必修补就能用几个月才好。昨天夜里,洛克威尔睡着之后,我画了两幅目前为止最满意的墨水画,12点半,我画完了,为了平复心中的激动,睡前读了几段《奥德赛》。这是我第二次读它,发现了许多第一次读不曾注意的妙趣。作为故事,它远远胜过《伊利亚特》,字里行间都藏着精美插画的种子。

再过十天,奥尔森就会按计划去苏厄德——如果那时候是暖和无风的好天气!从12月初起,我们就没有看到轮船驶向苏厄德。让人不禁猜测那几家轮船公司合谋,要让阿拉斯加人过一个没有节日邮件和礼物的圣诞节,目的就是在关于邮政业务的谈判中,给政府施加难以承受的压力。夏天时候在海湾里无聊地游荡的小型游轮,

日志

想必正在南方温暖的港口躲避寒冬。这真是令人鄙夷,看起来越早摆脱效率低下甚至无用的政府越好。

12月23日,星期一

大雨持续直到今天早晨。天黑之后,满天繁星,如同春天的夜晚。晚上8点30分,我穿着套鞋和内衣去找奥尔森,发现他已经上床睡觉。虽然没有雪,但是对于圣诞节来说,仍算是不错的天气。

奥尔森觉得,圣诞节会像最普通的一天那样过去,但是他说错了。我砍回来的圣诞树正待装饰,当它挂满蜡烛时,会在灰暗的小木屋里燃起美丽的火光。我放弃了让奥尔森用羊毛做假的大胡子、扮成圣诞老人的主意。拿不出礼物的圣诞老人,会让我和洛克威尔失望得哭出来。我有几样小礼物要送给奥尔森:口袋里随身携带的小刀和一套包括刀、叉子和开罐头器的厨房用具。一只老旧的钢笔和几根糖果棒给洛克威尔。圣诞夜的大餐!——会有怎样的惊喜?暂且保密!现在已经是午夜,我完成了一幅墨水画。灯里的煤油像往常一样快要燃尽。昨天夜里给灯添了两次煤油!以前那些没有钟的夜晚,我工作到很晚但根本估计不出究竟是什么时刻。后来我对照钟和灯油的消耗量,回想那时候应当在凌晨两三点以后才上床睡觉——而我起床也比现在更晚。

今天,我和洛克威尔各自为奥尔森画了一幅像。我刚刚写下的礼物清单里，漏掉了它们。在我的画里，狐狸岛的国王迈着大步，去喂他的山羊，而山羊比利竖起前腿，正准备偷吃饲料。洛克威尔的画里，奥尔森被所有山羊围着，他的小屋作为背景，一团温馨的气氛。我多么希望能送给这位善良的老人更多东西啊。不管怎么样，他一定会和我们共享圣诞大餐。

圣诞夜！

我们做完了节日清扫，把所有杂物一股脑儿塞进储物的搁架，或者堆在墙角。甚至连我的油画架都靠在墙边。屋顶的木板上，吊着许多漂亮的灌木枝叶。炉子后面堆着充足的木柴，节日当天我们彻底休息——现在洛克威尔和我都尽量忍住兴奋，期待着明天的狂欢。

多么奇怪啊！我们的身边没有出现任何外来的东西，我们的日常生活也没有改变，除了我们自己创造的东西——重要的日子就这样神采飞扬地飘在我们眼前！依我看，生命中最美妙的节日，就是我们自己跳舞的时刻。你不需要任何外来的东西——甚至不需要幻想。很显然，你只需要给孩子们一丁点儿幻想的种子，他们就能让它生长出许多令人期待的神奇果实，一切都那么生动鲜活，就像真的会发生似的。

好了，圣诞树已经准备好，砍到高度合适，插在十字形的底座

日
志

Olsen, and just as they approach the cabin
the door opens wide and fairyland is
unveiled to them. It is wonderful. The
interior of the cabin is illuminated as never
before, as no cabin interior perhaps ever was
among these wild mountains. Then all awe

and wondering those two children come in.
Who knows which was the more entranced.
Then Olsen and I drink slowly a
beautiful toast and the old man says: "I'd
give everything, yes, everything I have in the
world to have you with here now!" And
now the presents are handed out. For
Olsen, his picture from Rockwell. Ah, he

上，硬纸板剪成的星星挂在树顶。现在通报节日期间的天气。今天上午如我们所预料，又是阴云密布。将近黄昏，开始下小雪，很快变成雨。这会儿淅淅沥沥的雨势，应该会持续整夜直到明天。就让雨雪也来过圣诞节吧，白天天色阴沉也无妨，更美妙的圣诞节在我们的小屋里，那是真正属于圣诞节的国度。四周高大的树林遮蔽天光，让小屋里愈发昏暗。在这昏暗阴郁的中央，我们的圣诞树闪耀着无论星光、月光还是阳光都比不上的光芒。

狐狸岛的圣诞节

天气暖和，仍然下着雨，地上几乎没有雪。首先把湿漉漉的圣诞树拖进屋立起来，它有九英尺六英寸高，几乎撞到天花板。趁树叶滴着水慢慢晾干的时候，我和洛克威尔忙着做圣诞大餐。

两个炉子里的火都烧得很旺，屋门敞开着，吹进来凉爽清新的空气。一切都进行得很完美。炉膛里火焰跳跃，水壶吱吱作响，豆子炖熟了。烤炉里的面包焦黄得恰到好处，新做的果酱布丁蓬松飘香，就像厨师的第一百次作品，其实这是我生平第一次试着做。一切都准备停当。钟指向2点45分，夜色已经降临，小屋里点起了油灯。

"洛克威尔，去外面玩一会儿吧。"我急忙把礼物在树下摆好，糖果棒吊在树枝上，点燃树上的蜡烛。

日志

洛克威尔请来了奥尔森,就在他们走近门口的时候,小木屋的门打开了,屋里的仙境豁然展现在他们面前。小屋里从来不曾这样明亮,或许全世界的小木屋都不及荒野中的这个明亮。一老一少两个孩子,满脸惊讶地走进屋里,谁知道他们当中哪一个更不敢相信自己的眼睛?

我和奥尔森默默地举杯,郑重其事地一饮而尽。老人激动地说:"我愿意用一切——是的,我在世界上的一切,换来你妻子出现在这里。"

开始分发礼物。先是洛克威尔画的那张奥尔森,老人非常喜欢!接下来是给洛克威尔的惊喜,来自苏厄德的一本书。然后是我送给奥尔森的一幅油画、小刀和厨房用具。奥尔森非常激动,这是他平生第一次过圣诞节!洛克威尔捧着两本旧的《国家地理》杂志,高兴地叫着:"哦,我还以为没有圣诞礼物呢!"他还收到一把适合装在口袋里的小刀和一支旧钢笔,洛克威尔坐在床上盯着这些,仿佛它们就是世界上最精彩的礼物。

晚宴已经摆上了桌子,奥尔森扶了扶眼镜,念起他盘子前面的菜单。

1918年,狐狸岛的圣诞晚宴菜单:

MENU
Fox Island, Christmas 1918

+ Hors d'euvres +

Olives

Pickles

+ Entree +

Spaghetti a la Fox Island

+ Roti +

Beans a la Resurrection Bay

Murphies en Casserole

Cranberry Sauce

+ Dessert +

Plum Pudding Magnifique

Sauce a la Alaska Rum

Demi Tasse

Nuts   Raesens   Bon-bons

Home Sweet Home Cider

+

Music by the German Band.

圣诞大餐的菜单

日志

开胃头盘：橄榄、泡菜

前菜：狐狸岛意大利面

主菜：复活湾奶酪炖豆子、炖蔬菜、小红莓果酱

餐后甜点：梅子布丁、阿拉斯加朗姆酒酱、干果、

　　　　　葡萄干

自家酿制的苹果酒

德国乐队伴奏

我们享受美食，也享受美妙的时光。

这是真正的宴会，一切都像模像样。我和洛克威尔都穿着干净的白衬衣。奥尔森容光焕发，他穿着一件新的法兰绒衬衣和每逢星期日才穿的裤子、背心，系着一条丝绸领带配金的领带夹。他特意刮光下颚的胡子，修剪了两腮的胡须，他看上去多么尊贵啊！这一切都要归功于洛克威尔提醒了我。昨天夜里他睡着之前，躺在床上满心期盼地问我："奥尔森先生会为圣诞节特意打扮自己吗？"

丰盛美味的食物陪伴着漫长的黑夜，可惜我们很快就熄灭了树上的蜡烛，留待以后再用。夜深了，奥尔森和我们互道祝福，他回自己的小屋，我和洛克威尔都钻进被窝。

第二天和接下来的一天都很暖和——天气似乎也希望我们在节日里彻底休息。我们不用动手劈柴，也没有画画。我和洛克威尔都写了几封长信，吃圣诞节剩下的饭菜。我继续重读《奥德赛》，绝

日志

北风

妙的故事！刚才我不得不跳过奥德修斯杀死众多求婚者那惊心动魄的一段，否则补记这几页日志的计划又要泡汤了。只要再多读几部《奥德赛》这样的故事，就能在荒野里彻底忘掉现代社会。你的言谈、举止和思想，都将回到遥远的英雄史诗年代。那才是值得一试的历险！今天弥漫的文化，或许仍不足以让我们抛掉历险的梦想。当我们阅读古代的经典，内心深处对英雄气概的渴望必然会苏醒。现在我写下这行文字的时候，正是如此。

12月28日，星期六

多日不见的太阳，终于爬上纯净的天空，照耀着四周的山峰。屋外的水桶随着寒冷回归又结冰了，但是几乎没有风。

奥尔森过两天会去苏厄德，我在写一批信让他带去寄走。他自己也在做准备。在炉子上煮足够好几天喂狐狸的食物、修理他的马达——冬天去一趟苏厄德，可不是件轻松的小事。希望晴好的天气能多保持几天，直到从大陆来的轮船出现！目前情况不妙，从12月1日起，我们就没有看到有轮船开往苏厄德。

明天或许就要把圣诞树搬出去了。前几天装饰屋顶的灌木枝叶，今天被我取下来扔掉了。昨天晚上，我们最后一次点燃圣诞树上的蜡烛。洛克威尔和我站在屋外，朝屋子里看。在寂静的荒野里，一幅多么奇妙的景象！这时候如果出现几位被我们的烛光吸引而来的沉船幸存者，就是一个完美的童话故事。

我们在漆黑的空地上唱圣诞颂歌，在海滩上跳圣诞舞蹈。回到屋里，趁圣诞树上的蜡烛还没有燃尽，我和洛克威尔互相讲了一个故事。他的故事是几个孩子在森林里探险，惊险的情节接连不断。我给他讲的故事，是一个盼望圣诞节的印第安男孩，在夜里走进黑乎乎的森林。他闭上眼睛，眼前出现真实世界里没有的一切神奇景象。森林里的动物，都向一棵闪着光的圣诞树集合过来，每只动物都收到别致的礼物。豪猪妈妈的礼物是一大盒彩色的丝绒小球，她挂在自己的满身硬刺上，打扮得很漂亮。豪猪爸爸的礼物是牙刷，对付他露在嘴外面黄腻腻的长牙。故事讲完，该上床去睡了。好吧，云层开始聚拢，寒气透出下雪的征兆。我早已不指望能预测天气，而是静等造化的安排。

12月29日，星期日

今天是小松鼠的生日庆祝会。它坐在一个装炼乳的纸盒里，背后挂着一件棕色的羊毛衫，身旁摆满了羽毛做的礼物。桌上摆着几个小贝壳当作盘子，盛着它的晚餐，一支从圣诞树上取下的蜡烛点燃照亮这一切。祝愿松鼠长寿，永远机灵健康，日后入土也不会被蛀虫吃掉。

QUIRLIES BIRTHDAY PARTY.

Sunday December 29th. Fox Island.

Nothing of importance to-day but what is pictured above. Squirlie is seated in a condensed milk box. At his neck hangs a brown sweater. About him strewn his presents consisting chiefly of feathers. The table is spread with the feast and the whole is brilliantly illuminated by a christmas tree candle. Long life to squirlie, and may he never fall to pieces nor be devoured by moths!

日志

12月30日，星期一

昨天细雨霏霏，今天却是大雨倾盆。我坐在桌子旁，屋门敞开着，炉火半明半灭——这里如此温暖，而在外面世界的想象中，隆冬季节的阿拉斯加应当是一座大冰山吧！更靠北的苏厄德和周围的山顶，显然正在下大雪。今晚我完成了一幅自己格外满意的墨水画，时间流逝和凌晨将至都与我毫无关系。已经是夜里12点半。

新年前夜！星期二

今天是洛克威尔的父母结婚十周年纪念日，我赶着画一幅画作为给他母亲的礼物，晚上我和他一起唱歌庆祝。九岁的洛克威尔，显然有最充分的理由庆祝这个日子，只不过他可能觉得自己是二十九岁的男子汉了。他给母亲写了一封甜蜜的短信。今晚我无可救药地想家，却不知怎样在字里行间表达。心情难以平复的一天。

晚饭后奥尔森过来，我先吹长笛，后来改成唱歌。他听得兴致很高，我一首接着一首唱下去。多么奇怪的一场荒野音乐会啊！面对一个小男孩和一个老人，没有伴奏，我庄重地放声歌唱。奥尔森像往常一样，端来一盘山羊奶。我把它做成乳酪，样子就像纯奶油冻，但是醇香的味道远远胜过牛奶做的奶酪。

几乎一整天的大雨，雾气像白丝带飘在海湾周围的山腰处，秀

日志

美无比。今晚就像春天或者秋天那样暖和。地上的积雪继续消融,甚至连覆盖着山顶的冰雪也在迅速消失。一年即将过去,载着圣诞邮件的船仍然没有出现。

临近午夜,我怀着最真诚的心情,默默地许下一个新年祈愿。漆黑的夜空和群星是我的见证。我的这一页日志,和公元1918年同时结束了。

IX 新年

洛克威尔好奇地问,人人期盼的新年第一天究竟会发生什么特别的事,我们费力地用各种传说来哄他,比如众神从天上撒下火花。可惜他一点儿也不相信,他心里肯定在想:"这怎么可能呢!除了雨雪,从来也没有什么从天上落到这个岛上。"

新年第一天和旧的一年的结尾没什么区别,只不过我们的兴致很高。惊喜发生在夜里11点半。我望见大约两英里外的海面上,一团灯光在移动,就像童话里灯火通明的城堡,是轮船!我的叫声吵醒了洛克威尔,他在床上坐起来兴奋地望着窗外。很遗憾,奥尔森已经睡熟了,我没有打搅他,而是立刻开始写信、包裹礼物、列出礼物的清单,直到凌晨2点。

早晨8点钟,我们跑去叫醒奥尔森。我在他的小屋里到处乱窜,威胁他、命令他、乞求他快些动身。老年人的确行动迟缓。他的屋门敞开着,站在屋里剃胡子,几只山羊绕着主人嬉闹。我允许他吃两口早饭,但是没时间吃饱。需要先解开被我们捆牢在地上的小船,把它翻转过来,装上带到苏厄德去的东西——费了半小时启动马达,这个噩梦啊!天色忽而像要下雪,转眼间又变晴。天气总算赏脸,足以让奥尔森的船滑下水,消失不见了——我们站在岸边欢呼着。看到我们催他去取邮件而急不可耐的样子,奥尔森止不住地呵呵笑着。

昨天是奥尔森很看重的欢庆日子,我和他一次次为新年干杯。但是我仍要抽空画画,他很反感我居然在新年第一天还要工作,尽管他理解我这种怪异的狂热,甚至还有些同情。某一天,我曾经向奥尔森解释,为取悦自己或者是为取悦他人而工作,两者之间的区别。无论境遇多么糟糕,他都敢由着自己的性子和世界对抗。

好了,接下来我们生活的意义就是等待信和礼物。奥尔森最快也要后天才能回来,而我已经急不可耐。下午洛克威尔和我绕着海湾散步,主要是为了眺望苏厄德的方向,亲友的音讯将从那里来到我们身边。但是苏厄德被纷纷细雪遮住了,整个复活湾里,雪片和雾气蒸腾成一团。在海滩上环顾狐狸岛前的小海湾,却是清灵秀美。深色的森林托起白色的山峰,我们的小木屋立在海滩旁,从屋顶升起浓重的黑烟。

1月5日,星期日

奥尔森仍没有回来。像这样在渴望中等待,真是一种煎熬。我们甚至希望狂风暴雪降临,那样倒也安心,不必指望他能回来。事实正合我们的心愿。奥尔森离开的第二天,天气格外宁静。接下来

日志

洛克威尔的另一幅画

日志

的一天,是他预计返回的日子,狂风暴雪交加。今天,雪明显变小,但是风更紧了——还不足以让他彻底断了今天返程的念头,然而很不幸,他的确没有回来。直到天黑前,我们还站在海滩上举着望远镜,仔细地扫视整个海湾,期待一个小黑点绕过回程必经的岬角。

除此之外,似乎没有什么值得记录。每一天都有忙碌的工作和其他有趣的事。地上和树枝上又厚又软的积雪真是美景。今天洛克威尔和我装作"猎人和熊",在树林里相互追赶。积雪覆盖了草地和灌木,让可怜的山羊们无处觅食,只能啃坚硬的树干。每到冬天,山羊比利就会经常闯祸。昨天,它撞开奥尔森小屋的门,又试图从里面关上。我听到一阵阵"砰砰"的怪响,走过去查看,发现它在屋里,居然想要堆起东西顶住门。虽然没有造成什么损坏,但是它的羊角把摆放整齐的盒子、桶、罐子和绳子等杂物,全都顶翻在地板上。打它一顿又有什么用?它记不住任何教训。

现在是凌晨1点半,我原本并不打算写这么多。除了惦记将要收到的信件,我的心里空无一物。

1月6日,星期一

既然奥尔森和我期待的信件仍在海湾另一侧,我也没有什么可写。雪一直下,但是没有风。我们没有戴手套和帽子,连外套也没有穿,走在海边和林间。雪水从屋檐上不停地滴滴答答。不断有积雪从树顶落下，地面上的雪依然很厚实。明天或许我们应当穿雪鞋。

洛克威尔和我，轮流去海滩上等候奥尔森。我眺望苏厄德的时候，离我很近的水面上露出一个黑黑的脑袋。那是一只海豹。它尽量仔细地查看着自己的周围，潜下水面，在旁边又探出头来，然后不见了。比利又一次撞开奥尔森小屋的门。我早晚会气得杀掉这只山羊！

1月8日，星期三

又过去两天，奥尔森依然没有出现。我对他气愤到了极点。昨天的天气他完全可以回来，而今天天气转差，他不可能回来了。除了等待，我们无事可做。甚至在今天这样的风雪中，我还忍不住凑到窗前，在海湾里寻找一条小船。雨然后是雪，雪接着是雨。假如此刻我们手里捧着来信，白茫茫的天地和这种温暖潮湿的天气就会变得无比浪漫。昨天，我们第一次穿上了雪鞋，但是唯一的目的只是去海滩上遥望苏厄德。

奥尔森外出，唯一的补偿是南妮的羊奶。现在我成了一个高明的挤奶工，已经能够在它吃完燕麦之前挤完奶。我必须如此，它一旦吃完燕麦，就会疯狂地逃开。山羊奶的乳酪配上柑橘果酱，妙不可言！

日志

1月10日，星期五

　　一个小时之前，是你能够想象的最迷人的月夜美景。云片像最轻薄的面纱，拂过月亮，在大地投下时刻变幻的影子。山顶、树木、岩石和所有一切，都被新雪覆盖。峡谷和地势较低的地方黝黑深邃，因为雨水洗净了树顶的积雪。这样间或降临的美景像一种煎熬，令人难以承受。这会儿又在下雨，仿佛从世界之初就一直在下，永远不会停歇。

　　哦，奥尔森！奥尔森！有什么事如此急迫，留住了你这个孤老头子？任何恶劣的天气都有可能随时光临，并且持续几个月。没有什么规律，也没有什么道理，只能理解成晴朗好天气不愿光顾这里。这两天的情形让人不敢期盼蓝天，就像在永久干旱的沙漠里无法想象下雨天。

　　什么都没有发生。我忙着画几幅墨水画，刚刚完成两幅小尺寸的木刻。比利今天又想闯进奥尔森小屋的门，结果证明经过我加固的门锁相当牢靠。它没法弄开锁，就用角顶破了门板。等我赶到的时候，它已经完成了这项事业。我忍无可忍，握着一根木棍，顶着大雪追着它跑，痛快地揍了它好几下。它现在很怕我，看起来教育毕竟会有成果，可惜对于我和比利都是不幸的事。

　　午夜之后开始下雪，我正好完成这幅墨水画。洛克威尔对我经常工作到这么晚非常关心。当我告诉他，每次他睡熟后我独自工作

日志

厌倦尘世 [1]

---

[1] 原文为德语 Weltschmerz。

都有很好的成果后,他很认真地说:白天就让他一直在外面玩,不用回来吃午饭,这样我就能独自在家工作。

这两天我给他读《亚瑟王和圆桌骑士》。他给自己做了一杆标枪和一把剑,明天我打算搞一些仪式授予他骑士称号。洛克威尔指着这本亚瑟王的故事书说:"我觉得,这本书里的插画一点儿也不好。你读故事的时候,我脑子里有很漂亮的画,可是看到书里的插画,我真失望。"事实上,这些插画的画工都异常精美。这只是证明,我们大可不必尝试向儿童兜售没有想象力的艺术品。即便最伟大的艺术家,也很难胜任绘制童书的插画。最重要的是,童书的插画必须充满浪漫的想象力,而这恰恰是插画最容易忽视的。

1月13日,星期一

刚过去的三天当中,两天的天气良好,足以让奥尔森驾船回来。昨天和今天,洛克威尔和我都频繁地跑到海滩上等他。每一次都魂不守舍地盼望亲人的信和礼物,每一次都无比沮丧。我开始猜测,可能有天气之外的原因留住了他。或许我们看到的那艘开往苏厄德的轮船,没有装载邮件,自然也没有奥尔森需要的养老金支票,所以他仍在等给他带来支票的船。这几天我没有心思写日志,只想随便敷衍几行。

星期六晚上,洛克威尔正式受封为骑士。四十多分钟的受封仪

日志

式,他一直跪在地板上盯着自己的武器,就像石雕一动不动也一声不响。他现在是"湖上骑士"兰斯洛特[1],打败了想象中的巨人和邪恶的骑士们,解救了一位王后,当然是为他自己,与我无关。

我们穿着雪鞋到处乱跑,尽管除了海滩上,别处的积雪并不深。天气变得温和,气温勉强降到冰点。没完没了的雨、雪和冰雹,轮流从天而降。我们饲养的动物们都活着,但是我不喜欢它们。蓝狐狸称得上最乏味的动物——这些胆怯懦弱的小东西。星期六我不得不从湖里捞起一袋鱼,那是奥尔森一直泡在湖里的狐狸食。喂完之后,我做好了另一袋存进湖里。

1月15日,星期三

昨天一开始是狂风夹着暴雪,下午转晴。今天上午有蓝天,北风凛冽,中午阳光隐去而风也几乎停了。根据基奈半岛的地质报告,一月份苏厄德的平均温度应当为16度[2]。剩下的半个月,平均温度必须低至零度,才能让整个月的平均温度接近16度。最近这里还不及纽约冷呢。

---

1 兰斯洛特(Lancelot)是亚瑟王最伟大的圆桌骑士之一。相传他是由湖中仙女抚养长大,因此也被称为"湖上骑士",后来与亚瑟王的王后发生恋情。
2 华氏16度,约合零下9摄氏度;华氏零度,约合零下18摄氏度。

日志

虽然昨天和今天的天气不适宜出海,但是我已经确信,奥尔森滞留不归有其他原因。今天我们又穿着雪鞋在海滩散步,阿拉斯加的雪鞋无疑是穿起来最方便的。

1月16日,星期四

从今天起,我确信奥尔森是故意留在苏厄德——除非他生病或者死了。洛克威尔提出的猜想是:苏厄德全城被大火烧光,每一个男人、女人和孩子都未能幸免。今天晚上,我用事实否定了他的理论。我们走到海滩上,望见苏厄德的灯火比以前更加明亮。一种合理的猜测是:从12月初起就没有运邮件的轮船停靠苏厄德。另一种可能性是:奥尔森没有等到来自朱诺的"支票",而那是他需要的养老金。当然,无论我们怎么推测,都无济于事。

今天的天气晴朗无风,阳光灿烂。大地、树顶都盖着积雪。就连最陡峭的山峰,也被白雪包裹,整座山峰变得洁白无瑕。白天我和洛克威尔又去了海滩。今晚我穿着雪鞋,独自绕着小海湾漫步。我从未见过如此美丽的景象。午夜的月亮悬在头顶,把我们小屋前的空地照得如同白天一样,地上的树影斑驳漆黑。小屋里的灯光,透过屋檐下的冰凌,像钻石一样晶莹剔透,烟囱里冒出的轻烟笔直地飘上幽蓝的夜空。

日志

胜利

日志

1月18日,星期六

  过去的两天风和日丽。今晚开始起风和下雪,气温骤降。没有发生特别的事。我们沿着雪鞋踩出的小路,一次次来到海滩上眺望,依然失望,但是景色绝美。苏厄德周围一座座火山口形状的山峰,闪着白皑皑的银光。

  昨天,洛克威尔发现了海獭从海里游到湖里的航路——很大的一群。这些小动物,结伴游过五英里长的水道。它们脚印的尺寸接近一只大狗的。看起来它们的旅途中有不少乐子:在一片坡地,它们显然是滑下去的——根本没有脚印,只有多次滑过的痕迹。除了鹰,我们没有看到任何猎食者。它们成群从低空飞过,刚健而又高贵。即便盘旋在山顶那么远的位置,它们看上去仍大得让人吃惊。

  山羊不再产奶——这么说,少了一项家务事。洛克威尔每天都去喂山羊,但是我不放心让他喂狐狸,他很可能会忘了关上围栏门。(没想到奥尔森日后却犯了这样的错误。我回到纽约后的5月29日,他给我的信里写道)

  18日那天出了一点细(事)故。我正在给狐狸围栏里方(放)一些草,等我转过身,看见围栏门开着,一只小母狐狸泡(跑)出去了,泡(跑)到山羊房旁边。这是完(晚)饭时间,我叫它回来吃饭。它看看我,但还是泡(跑)上山了。我把留下的狐狸关进另一个围栏,把原来的围栏门开着,放下食物,就香(像)啥事也没有。头一天完(晚)上我谁(睡)得很不好,第二天完(晚)上狐狸还没回来,接下来的早上我去看,食物不见了,那只狐狸正在谁(睡)觉。我赶进(紧)关上围栏门,这才放心了。

白天我拼命地画油画,晚上在灯下画墨水画。已经完成了二十五幅精彩的墨水画。晴朗暖和的天气里,洛克威尔几乎整个白天都在外面玩。他扮演骑士兰斯洛特,周围的树丛和石头在他眼前全都是作恶的巨人,被他的标枪和剑横扫劈刺,无一幸免。我正在读农业部发布的《年鉴》,里面有很实用的信息。

1月21日,星期二

今天夜里北风呼啸。星光下夜色冰冷。被狂风吹进来的雪沫,扫荡了整个屋子,留下痕迹之后得意而去。书桌蒙上了一层水,我只得用油画布盖住书桌,在其他位置工作。白天的天气狂暴发威,眼看又是一个狂暴的夜晚。而昨天的天气就像今天的小兄弟。

这样的天气,既可怕又让人兴奋。奥尔森不在身边,意味着我和洛克威尔和所有人类彻底隔绝。我们被大海的怒涛包围,无法回归外面的世界,而外面的世界也无法靠近我们。只有牢不可破的壁垒,才能让人体会真正的与世隔绝。历险的浪漫妙处,就像细绳那样容易扯断。坐在高山顶上剥一根香蕉吃,就会让荒野的意境顷刻

日志

荒野

日志

消失。我知道,翻过旁边的山脊就是狐狸岛的另一个小海湾,那里无人居住甚至从来无人踏足——而我也不愿闯入。这片彻底冰封的荒野,正是阿拉斯加纯正的光芒。

我们不再时刻挂念奥尔森的归来。我开始安心画画。我可以想象,除非北风安静下来,像这样的生活还将持续几个星期,而我也将平和地接受。两天前,一个极其寒冷的夜晚之后,早晨我们被电闪雷鸣惊醒——居然同时在下雪!两小时后,太阳就露出云层。那天下午我脱光衣服,在雪中跳了一段舞——只是一小会儿而已,然后洗了一个热水澡,接着又赤裸着冲出去,在雪地里打滚。我穿好衣服,感觉自己变成了一个全新的人。洛克威尔越来越喜欢这里的一切,他每天都在外面兴高采烈地玩很久。

孩子的想象力真是无边无际!睡觉前,洛克威尔装成"食人兽",怒吼着攻击我,这是对他的一项奖励。他最大的心愿,就是我能彻底进入他创造的那个世界。我又从湖里捞出一袋盐水浸泡的鱼,做成腥臭的狐狸食,然后准备好另一袋泡进湖里。我恨透了这项任务。我崇尚历险,我鄙视饲养,至少是饲养蓝狐狸。卑劣的皮草时尚本身就令我作呕。

1月23日,星期四

有时候炉子里的烟顺着烟囱向上飘,有时候烟向下走——那样

日 志

炉火就烧不旺,我坐在离火炉只有半英尺的地方,鼻子几乎冻僵,双脚冰凉。寒风从墙板的缝隙钻进来。几个月前我们填塞的苔藓,已经干透收缩或者剥落,其结果是即便没有窗子,白天从墙缝也能漏进足够的光线。天色阴沉,因为北风吹起的雪雾遮住了阳光。小海湾也消失在随风翻卷的雪雾之中。

我们必须不停地劈柴,塞进通红的炉膛。这几天是截至目前最冷的。今天劈好了七十块木柴,喂给"食量"惊人的火炉。明天我们还要继续劈柴。虽然严寒添了很多麻烦,但是冬天不显示威风就溜走的话,只会让我们更失望。

我先前对食品、被褥和燃料用量的估计,都恰好满足实际的需要,这让我颇为得意。我们的牛奶和麦片存量吃紧,但是我们计划这个月去一趟苏厄德补充给养。奥尔森离开这么久,完全出乎我的意料。我实在想不出合理的解释,除非他在那边病倒了。

过去三个星期,平均每天我都会完成至少一幅称得上作品的墨水画。我很满意,自己形成了适合这里冬天的工作习惯。白天我在室外,面对自然景物写生,定下画布上景物的形状。最重要的是,牢牢记住室外景物的色彩。天黑之后,我会进入短暂的冥想状态,这时候要求洛克威尔彻底保持安静。我紧闭双眼,或躺或坐,直到自己"看到"一幅理想的构图——起身飞快地记录下来,或者用大约一小时,画成一张尺寸较小的速写。完成这项工作之后,我就可以放松下来。我会和洛克威尔玩半个小时的扑克,然后我独自吃晚

日志

查拉图斯特拉和他的玩伴

饭，他爬上床去。当他脱光衣服，我让他摆出奇特的姿势，为我需要的画中人物充当模特。这种利用模特的方式真是滑稽。我必须在他的身体基础上，摸索着调整骨骼和肌肉的形状。小洛克威尔稚嫩的身体，在我的笔下变成了魁梧多毛的巨人。

昨天晚上，我一边画一只狮子，一边独自傻笑。我真羡慕布莱克和其他某些古代大师，他们并没有掌握绘画对象的准确结构，反而利于他们天真自在地表现。我认为，不了解对象的形态丝毫不妨碍绘画，只要你在画的过程中，始终追随某个明确的目标。千万不要用含糊的笔触，掩饰自己的无知，应当尽可能地清晰和肯定。感谢上天，这头狮子让我有机会返璞归真。我画了一头多么傻里傻气的猛兽呀！最终我的狮子变得合乎现实，恢复了些许威严，可惜还是像一位戴着蓬松假发的法官。当然，我描绘的狮子让一个裸身的青年睡在自己的两只爪子之间，少一点野性正是理所当然。

当我写下这几行文字的时刻，窗外的星星消失了，雪片或者是冰雹正敲打着屋顶！

1月25日，星期六

彻骨寒冷的天气，就像我已经习惯那种持续的寒冷。昨天和今天的风，都异乎寻常地狂暴，空气里满是翻飞的雪沫。奥尔森的两个大水缸——放在室内——竟然都结冰了。其中一个水缸的底部

日志

被冰涨破,翻倒在地板上。

1月26日,星期日

和平日不同,今天一直和洛克威尔在床上忙碌。他的肚子有些不舒服,但是现在已经没事儿了。利用晴好的天气,砍倒一棵大树,把十五英尺长的树干全都劈成木柴。和前几天相比,今天几乎没有风,直到夜里依然宁静。有风或者没有风,小屋里的温度截然不同。接下来如果还有一整天平静的天气,且看奥尔森会不会从苏厄德回来。

1月28日,星期二

我正在读《查拉图斯特拉如是说》,书中这样写道:"用血写吧;而且你将体会到,血就是精神。"昨天晚上我画了一幅画,查拉图斯特拉领着最丑陋的人,满月和银色的瀑布。这本书能让你画出多么不寻常的插画啊!这本书的译者写道,查拉图斯特拉正是尼采想让自己变成的,或者说他理想中的人。对我而言,一个人的理想正是真实的自己。你在灵魂深处希望自己变成的人,那就是你。最美也是最期盼的目标,就是你自己。对于任何人而言,真实和健康的生活状态,就是他渴望自己置身于的状态。一个人绝不是许多纷乱目

日志

冻结的瀑布

标的堆砌——而是完美地契合某一个独特的位置。这也是奥尔森的信条。

我对查拉图斯特拉最主要的不满之处,是他对于宣讲的兴趣,他仍执着于教化群氓。你瞧,尼采把他心目中的英雄塑造成一位导师,岂不是让一个历史人物代替了真正的理想人物?所有时代那些自私的大人物,都不可避免地隐没了。唯有对人类造福的人在历史中留名,这是人类社会的意志。一个纯洁的理想,就是让你自己成为你要实现的对象,不必为谁证明什么。假如人类向着与你不同的方向前进——你那高傲的灵魂,不必理会它。

1月29日,星期三

阿拉斯加的寒冷果真了得!星期一打破了这个冬天的寒冷纪录。然而星期二之寒冷让前一天显得温柔惬意。昨天夜里我们的"小密封舱"里冷到无以复加,我们不得不哈哈大笑,免得让自己冻僵。直到晚10点钟我上床前,炉火都烧得通红,但水桶里的水仍然结了两英寸厚的冰——就放在离火炉十英尺远的地方,吃晚饭的时候还是一桶正常的水。我的钢笔放在桌上,墨水也冻住了。洛克威尔在床上抱着一个热水罐取暖,喂狐狸的碎鱼冻成了冰块,我的油画颜料也冻硬了。我把土豆和牛奶放在火炉旁边。午夜12点,钟的指针停了,做早饭的热气才让它恢复正常。睡前我特意把水桶紧贴着炉

日志

子,然而早晨桶里依然结冰了。

我们消耗木柴的数量令人难以置信,一个星期里我们的每个炉子烧掉了至少一捆[1]木柴。按照劈木柴的工作量,我们每天可以挣一美元。今天,我们又砍倒了一棵树,把几乎整个树干都劈成木柴。屋外始终堆着充足的木柴,为最可怕的天气做好储备。

昨天日落时分,海湾里的景色壮丽无比。阴郁的海面上,水汽蒸腾而成的浓云,遮住海湾四周的一切,只露出浮在半空的几座山峰。云层上方的阳光刺破薄薄的云片,投下耀眼的光芒,整个海湾似乎都被火焰点燃。今天早晨接连几个小时,海湾里依然被水汽笼罩,天空阴沉。湿漉漉的云团飘过来,沿着海岸的树林都罩上了一层白霜。

昨天,我不得不再次从湖里取出一袋喂狐狸用的鱼。等我走回小屋,鱼已经冻成冰块。今天,我用斧子把鱼砍碎,又做了足够几只狐狸吃一星期的食。

这些天的洛克威尔,是一个标准的模范少年。再冷的天气对他来说,都算不了什么。今天早晨他和我一起拉锯,一刻也没有休息。现在他只要出门,总不会忘了带上他的"马"、标枪和剑。并且总是称呼我为"我的主人"。故事里那位兰斯洛特,其实并不是一个斯文的骑士。这会儿是该睡觉的时间了。比起昨晚,寒冷稍有退

---

[1] 捆(Cord)是美国的木料专用体积单位,约合 3.6 立方米。

日志

it continues. To increase our load on the weather we set to work upon a twenty eight inch tree. We had to thin it somewhat against its natural lean and it was a terrible job. The wedge would not enter the frozen tree and when it at last did wouldn's lift the great mass that rested on it. Only after an hour's continuous pounding with a heavy sledge-hammer wedge did I d the wedge in to the head and only then did the tree fall. The face of one of these monsters — for to us they seem gigantic — is thrilling. This one fell just where we had aimed it, down a narrow avenue in the woods. Ripping and crashing it fell carrying down a smaller tree with its limbs. Then Rockwell and I set to work with the saw. When the drums were split up we hauled them to the cabin on Olsen's Yukon sled.

缩，但是钻进屋里的冷风仍然作怪，我只能抱紧双肩蜷缩在炉子旁边。

1月30日，星期四

一整天痛快淋漓的伐木和劈柴。小海湾里几乎没有风，远处的复活湾里仍是白浪涌动。中午开始下小雪，并且越来越紧。为了应对可能降临的极寒，我们要砍倒一棵直径二十八英寸的大树。楔子很难砸进冻硬的树干，等到把一部分楔子敲进去后，却撬不动压在上面沉重的树干。我连续地猛挥大锤将近一个小时，才把整个楔子完全砸进去。大树终于轰然倒下，让人看着心惊肉跳。它准确地倒向我们预计的方向，树枝连带着砸倒了一棵小树。倒下的庞然大物，在雪地上压出一条窄窄的小路。我和洛克威尔立刻开始忙碌，用锯把大树锯开。用奥尔森淘金时候用的雪橇，把一段段锯好的圆木运回来。小屋的墙外高高地堆起木柴，很有气势。屋里也有足够一整天烧的木柴。

昨晚我正要上床去睡的时候，洛克威尔开始说梦话，他在和幻想中的一些野人伙伴们商量要去探险。我问他冷吗？他回答："不，我的主人。"他又嘟囔了几句，然后接着睡了。今天喝了美味的大麦汤。大麦在水中煮烂，加入腌肉、脂肪和煎熟的洋葱。洛克威尔说，这是他喝过的最好的大麦汤。

日志

2月1日，星期六

　　这两天变得如同春天。昨天开始化冻，今天继续，伴随着几乎全天的雨。于是我们守在屋里。骑士兰斯洛特和他的主人忙着各自的工作。这会儿我刚完成今天的第二幅墨水画。每天完成一幅墨水画，是过去这个月稳定的工作节奏——可惜昨天灵感全无。

　　但是，昨天有重要的新闻！一艘巨大老旧的轮船驶进复活湾。它一定载着邮件和物品，一定会让奥尔森回来，它就像是特意派来解救我们的。好了，再有一个无风的晴天就会见分晓。

2月2日，星期日

　　现在准备吃晚饭。洛克威尔刚刚光着脚从外面历险归来，原来他的拖鞋在雪地里跑丢了。屋子外面的天地，对于我们就像是另一个房间。早晨我们会洗雪浴，从无例外。端着一大杯水，就在外面刷牙——最冷的天气也是如此。我们洗碗和盘子之前，先用干净的雪搓洗它们。洗完餐具的水，直接泼出门外。我们整天频繁地进出屋里屋外……

　　有人说，剧烈的温度变化会让人得感冒，一派胡言！我们父子两人整个冬天都没有一丝感冒的症状，从来没有用过手帕——虽然偶尔用到袖子。我的生活经验无数次证明寒冷并不会造成感冒。天

日志

气骤变也和感冒毫不相干,还有哪里的天气像冬天的阿拉斯加这样骤变?感冒和坏脾气、信仰迷失一样,都是城市人特有的地方病。

前一刻还在下雨,后一刻就是冰雹,转眼间又变成雪。今天忽而暖阳斜照,忽而疾风呼啸,余下的时间还算平静。总体而言,善变的天气使我们无法预测奥尔森的归期。现在我们要吃晚饭了,享用酸面团发酵的热蛋糕,还有洛克威尔喜欢吃的大麦汤,被我们称作"人体的骨髓"。

今天洛克威尔问我,国王们靠什么过上那样的好生活?我的回答是,他们并没有靠劳动换来——而是依靠人们送到他们手里。

"这是怎么回事?"他笑着说,"国王用什么魔术让人们这么听话呢?"

我发现,恰恰是教育才让人们学会容忍特权。战争总会有结束那一天,凭借武力获得尊崇的英雄们(武力并不能造就权力——或者说它到底能造就什么呢?!),他们不得不脱下神气的军装,换上平凡的工装去迎接劳动的汗水。

2月3日,星期一

奥尔森离开已经超过一个月。今天几乎都是狂风怒号。早晨漫天大雪。透过风雪,我们依稀听到轮船的汽笛声,似乎正在离港。

下午4点钟,雪变小了,却响起清脆的雷声。又下了半小时的雪，变成雨——然后是几分钟的寂静，突然间巨大的冰雹敲打着屋顶，就像石块从天而降。但是只持续了几秒钟，狂风裹着冰块和从树顶吹下的雪，抽打着小屋。接下来是片刻寂静，然后重复又一轮同样的表演。

2月4日，星期二

今天的天气飘忽不定，无法判断奥尔森能不能回来。我们穿着雪鞋来到海滩，踩着松软洁净的新雪，再次眺望苏厄德。平静的海湾纯净无瑕。海和山的尺度如此巨大，那只随浪起伏的小船果真出现，我也不确定它离岸多远的时候我们才能看清。

今天我们锯了很多木头，一直堆到小屋的山墙顶。眼看着木柴越堆越高，似乎让人很上瘾。晴朗的天气里，我们要为风暴做好准备。风暴的天气里，我们继续储备木柴，防备更可怕的事情发生。此刻的天气温和美好。2月1日那天，洛克威尔捡回来一些发芽的树枝。林中的赤杨和一些红色茎秆的灌木，似乎都在发芽。

这会儿已经过了午夜，我今天份额的墨水画刚刚完成。炉膛里塞满了木柴，明天早饭吃的麦片和豆子放在炉子上面——就这样，晚安。

日志

2月5日，星期三

全天都是狂野如画的暴风雪，夜里平静下来。洛克威尔整天都在外面玩，他穿戴着我的全套衣服和手套，假装自己是海豹，在厚厚的积雪里游泳。我们一起动手盖了一座雪屋，现在做到了内径大约七英尺，肯定比你想象的更舒适。我敢保证完工之后，他会想要睡在里面。我们的小窗子外面，许多冰凌挂成一道晶莹剔透的帘幕。

根据我保存的所有食物账单，我仔细地计算了我们在这里的生活开销。我总共买过114.82美元的生活给养，现在所剩19.10美元。过去的一百五十天，相当于每人每天花掉32美分——每顿饭花费略多于10美分。相对于目前美国各地高涨的物价，尤其阿拉斯加额外高的物价，我们的生活花销非常少。况且这些钱里，还包括了很奢侈的圣诞大餐。奥尔森送来的食物，我们也用其他食物作为交换，造成的误差可以忽略。

2月7日，星期五

昨天，阳光！我不知道太阳神打算这样赐福我们多久，这会儿天色又陷入阴沉。但是中午时分，阳光洒满小屋四周的地上，也照在我的窗前。那么久的昏暗之后，多么令人激动的明媚啊！今天傍

日志

to the eastward. The snow lay in the woods there heavy and deep and heavenly beautiful. No breath of wind had disturbed it small trees loaded with snow till they had bent double made shapes like frozen fountains

How can I show it?

Some little trees with branches starting far from the ground formed domed chambers about their stems.

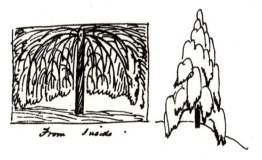

From inside.

日志

晚的夕阳,再次差一点就照进我们的小屋。昨天如同春天降临,日出时分我们洗了雪浴。啊哈!这才是地道的晨浴!今天早晨也是这样。我们走到门外,全身扎进积雪中,不停地用雪沫擦洗身体,然后跑回炉火通红的屋里。无论你是要夸奖还是责备我们,这样的疯狂全都归功于洛克威尔。他想这样试试——我怎么能反而缩在屋里?

这两天都是寒风呼啸,典型的北方冬日——但是景色多么美啊!白天洛克威尔一直在雪地里玩,装作游泳的海兽,刚才还是海豹,一会儿又变成海象。哦!他已经是北方天气的好伙伴。昨天做了一次腥臭的狐狸食,今天洗衣服。两天都锯了木头。此刻是夜里12点半,我累了。

2月8日,星期六

我把完成的系列墨水画《疯隐士》摆成圆圈,自己站在中央欣赏,我对它们相当满意。长发和胡须!画中主人公的形象正是我自己。今天风雪略微平息的时候,我们去湖上沉下一袋鱼,然后穿着雪鞋,顺着山脊向东面走。那一带树林里厚厚的积雪,丝毫没有被风吹乱。小树的枝条被积雪压弯,从树干向四周弯成一道道白色的弧线,就像冰冻的喷泉。有些树在离地很高的位置伸出横枝,被雪压得从树干垂下呈放射状的拱形,活像白色的建筑穹顶。顺着雪坡滑下来，真是开心的运动。我们只管穿着防滑的雪鞋，也能一路滑下来。

洛克威尔全身湿透了，他索性脱光衣服，整个下午都赤裸着，装成一只怪兽绕着木屋来回跑。傍晚6点半，我们都洗了热水澡，紧接着在屋外洗雪浴。我开始享受洗雪浴。洗完雪浴，洛克威尔变成一幅健康美丽的肖像画，粉红的脸蛋上清澈的蓝眼睛闪烁着。

2月10日，星期一

昨天早晨，我在漫天风雪中洗了雪浴。今天早晨，暴风雪过于猛烈，就算是号叫着给自己鼓气，我也实在不敢冲出门去。从下午1点到现在，风势明显减弱，变得像几天前那样温顺。积雪挡住了窗户下面三分之一的高度。白天积雪遮住了光线，夜里它的反射却让屋里更加亮堂。

到处都是风吹而成的积雪堆。昨天深夜，雪沫透过墙上的缝隙飞进屋里，落在我们的脸上和枕头上，有丝丝凉意但是还不至于影响睡觉。我们小屋的门正好背对风向，门前没有雪堆。风吹的积雪自然地形成环状的雪墙，成为一小片适合我们雪浴的空场。洛克威尔这两天正忙着学乘法表。他真是一个好学的孩子，待在屋里的时候，总是接连几个小时认真地忙他感兴趣的事情。

X 奥尔森!

昨天夜里他回来了，2月11日！啊，他闪耀着光芒的回归和他带回来的一切，都让人激动不已！晚饭前，我和洛克威尔正在玩纸牌。今天一直晴朗无风，可是仍不见他的踪影。我们沮丧到了极点。每一种有可能让他拖延这么久的原因，我都反复考虑过了。实在无法忍耐这样的等待，于是我们心不在焉地用无聊的纸牌打发时间。突然间，门外长长地响起船上的汽笛声。我们冲到门口朝外面望去，远处的海面上，一个小黑点正在移动。上帝啊，它驶进我们的小海湾了。我们飞奔到海滩上，那一刻的激动无法形容。船越来越近，船舱里灯光闪烁，隐隐约约有男人说话的声音。他们在离岸不远处抛锚停住了。

"奥尔森！奥尔森，是你吗？"我急切地喊着。

"我在船上！你怎么样？小家伙呢？"

我看到他们从甲板上放下一条小船，划着小船驶向海滩。一个年轻的渔夫跳下小船和我握手。这时的潮位很低，只得用小船一趟又一趟往返，卸下大船上的货物，堆在湿漉漉的海滩上。只剩最后一船货要运的时候，我坐在小船里跟着返回大船，因为有人"要求"

日志

我过去。趁这段时间，洛克威尔跑到奥尔森的小屋里，点亮油灯，生起火炉。两条船的船帮贴上的时候，只见奥尔森威风凛凛地站在对面的甲板上。紧紧地熊抱！回家的喜悦让他浑身上下散发着光芒。

我认出大船的船长。是的！就是那个豪爽的英国人豪格，那个曾经请我们吃午饭的渔夫。船舱里热腾腾的饭菜香味缭绕，我们举起酒瓶。

啊，你这个矜持克己的人，曾经有过的狂放全都不值一提。多年前的某个深夜，繁星点点的天幕笼罩着纽芬兰港口漆黑的海面，几个心灵空虚的男人在一条破船的甲板上，借着半醉诉说悲情的告别——那个时刻犹如头顶划过的一道闪电，照亮了他们庸碌混迹的生活谷底。今晚，在宁静的群山和荒野环抱的复活湾，身边强壮的伙伴们开怀畅饮，说着不着边际的疯话却饱含睿智的远见——上帝啊！

从暖和的船舱里钻出来，我顺着梯子爬上舱顶，好像登上世界之巅。哦，我的灵魂从未被如此清冽的寒风吹拂，我的头从未如此接近苍穹和群星！我的脚下不是凡间的小船，而是载着北国神话里的众神飞向月亮的大船。

我划着小船回到海滩，卸下货物，接上洛克威尔一起，又回到大船吃晚餐。船长半开玩笑地夸奖洛克威尔，说他是个了不起的棒小伙儿，是比他爸爸更好的桨手。真是个热心人！船长递给我一瓶酒，我喝了一大口，竟然是醋！他连声道歉，急忙找到真正的酒。

日 志

我们简直不是吃晚餐,而是向肚子里倾倒——然后,我们三个人和船长道别,收下当作礼物的水果,划着小船回到海滩。可怜的奥尔森,他已经没有力气挪动那些货物。没问题,我独自一人,咬着牙终于把它们全都拖进他的小屋,高高的一大堆。然后我陪老头儿喝了一杯咖啡——气愤地咒骂战争,这个世界居然会被糟蹋得如此可怕。回到我自己的小屋,洛克威尔早就睡熟了。

早晨洗完雪浴,我们根本没有兴致吃早饭,立刻开始整理邮件。终于等来了完美的圣诞节!床上堆满了礼物,桌子上堆满了信。我们就像饥饿的老虎刚刚捕到猎物,狂喜之下舔着美味却舍不得吞下。从早晨一直到下午,我都在看信。手边能抓到什么,就随便吃点儿什么,用过的盘子先堆在那里。(我用了两页纸才记完礼物和书的清单——摆满整个书架的书!羊毛衣服、羊皮拖鞋、长笛的乐谱、梅子做的布丁、糖果、巧克力、香烟,还有其他许多。)这次收到的礼物,是前面几个月所有礼物总和的七倍。啊,在荒野里你似乎更爱你的朋友们,他们也思念着你。然而,比一切礼物更重要的是信,我收到过的最让人动情的信。

2月14日,星期五

刚过去的几天,就像风一闪而过。昨天和今天都很暖和!我们一直待在室外。这会儿我写日志的时刻,屋门敞开着,春天温柔潮

日志

湿的空气扑面而来,驱散了满屋松节油的味道。今天我给八张画布涂上第一遍底料,其中的六张在木框上绷好。下午,我来到海滩最北端,就在冻成冰柱的瀑布下作画。那些形状奇特的冰柱,如同巨大的绿宝石。

洛克威尔活蹦乱跳。奥尔森带回来的食物改善了我们的食谱,对他很有好处。在奥尔森回来之前,我们牛奶的定量减到每两天或三天一罐。奥尔森买回来数量充足的鱼,我们可以尽情大吃。奥尔森坚持让我收下五十磅面粉,作为他离开的六个星期里帮他照看山羊和狐狸的回报。看起来我先前借的麦片,已经没有机会还给他了。这里美国式的豪爽,和我在纽芬兰见识的丑陋,真是天壤之别。

补记几件圣诞节礼物:

来自母亲——给洛克威尔的一件法兰绒衬衣、一本开本很小的童话书。

来自"母亲"凯瑟琳——给洛克威尔的几个毛绒动物玩具。

来自母亲——给洛克威尔的一盒彩色蜡笔,他很喜欢。

所有这些礼物,他都喜欢!

2月17日,星期一

又过了三天!发生了什么?第一天,我绷画布和刷底料。第二天

日志

整天我都在室外画画。阳光穿过挂满钻石一样水珠的树梢,简直像夏天一样。

今天从早饭前我就开始写信,直到晚上11点才搁下笔。我已经决定,再过几天就去一趟苏厄德处理些事情,然后过不了多久就必须返回纽约。今天我把这个决定告诉了洛克威尔,接下来他几乎一整天都眼泪汪汪。他和我争辩,刨根问底地想知道为什么。他不想回纽约,甚至压根儿不想回到美国东部生活。那里没有辽阔的海面,也没有温暖的湖水。就连回去后能结交很多好伙伴,也抵不过他对这里的热爱。

你真应当看看现在的骑士兰斯洛特。早就显小的衣服紧紧地绷在身上,很多地方已经磨破或者撕破。裤子从膝盖到大腿几乎成了破布。衬衣扣子只剩下胸前的两粒,袖子从肘部开始散成一缕缕的布条。头发又长又乱。我给他剪过一次刘海儿,以免遮住眼睛。但是,他的脸蛋是健康的玫瑰粉色,他的蓝眼睛闪着光,红红的嘴唇,脸上总是露出生动的表情。某一天,他盯着一张显然不算精彩的照片看了很久,照片上的他活像一个小傻瓜。"父亲,有机会我要好好打扮起来,穿上我最好的衣服,把头发梳整齐——我想看看自己在照片上应该是什么样子。"洛克威尔喜欢穿漂亮的衣服,这是让他高兴的好办法。既然他在心底里这么看重整洁,我更没有必要刻意去打扮他。

他高高兴兴地按时刷牙。每天早晨我们都同时起床,精神饱满

日志

地做一遍萨金特博士[1]发明的体操。然后，无论怎样的天气，我们都面不改色地走到屋外。冷得牙齿打战？那是过去的事。赤条条地躺在雪窝里，一边仰望天空，一边用雪沫擦洗身体，这才是全世界最高级的洗浴方式。

今天又在下雨——间或变成雪。地面上有三英尺深的积雪，我们的窗台上也落了厚厚的一层。我在前面写过吗？——苏厄德的积雪，几乎要挡住街道对面的房子。气温远远低于零度[2]，降雪量和寒冷的程度都刷新了当地的纪录。如此说来，我们体验了阿拉斯加真正的冬天，这一点令我们心情大好。

2月18日，星期二

如此暖和的天气！今天晚上火炉熄灭之后，屋里仍然很热。一丁点儿雨和零星的雪，除此之外，一整天都很美好。当我作画顺利的时候，什么样的天气都很美好。一艘轮船从西面驶过海湾，是我期待很久的"库拉索号"，两三天前它就应当到苏厄德，下一站是塞尔多维亚。它在海面上蠕动着，慢到不可思议。在阿拉斯加的航线

---

[1] 达德利·萨金特（Dudley Sargent, 1849—1924），美国著名的体育教育家，常年在哈佛大学担任体育教师。
[2] 华氏零度约合零下18摄氏度。

日志

上,都是多么老旧的船啊。

洛克威尔像母亲一样呵护万物的温情,已经变得超出理智。今天我正要熄灭炉火,他却又添了两根木柴。我把两根带着火苗的木柴抽出来,他很认真地嚷着:"不要这样,你会让火伤心的。"

今天洛克威尔清理了盖在小船顶上的积雪。明天我们会把小船从雪堆里挖出来,然后安装好马达。我们必须找到油箱上的那个破洞,堵住它才能让任性的马达运转起来。宝贵的几天时间,都浪费在这些琐事上。

洛克威尔热爱这岛上的每一寸土地。今晚他说起美丽的湖、干净的卵石湖岸和湖畔树丛茂密的陡坡,还有一片平台模样的浅滩,方便我们下水。他原本计划今年夏天能整天在湖边乱跑、赤身露体地玩水,或者自己做一个小木筏在湖里航行。我也打算在湖边长满苔藓的洼地里支一个帐篷,让他独自住几晚,尽早体验隐士的乐趣。这一切都无法实现了!

2月19日,星期三

风雨交加。今天我们总算修好了马达,只等天晴就可以启程去苏厄德。现在我们心里只装着一个让人伤感的念头,那就是在这个可爱的小岛上的生活即将结束。究竟是什么,让一个将近四十岁的男人和一个九岁的男孩恋恋不舍?对于我和洛克威尔来说,生活的

日志

意义是多么不同！或许阿拉斯加是我们之间的中点：我转身离开自己熟悉而又畏惧的杂乱世界，洛克威尔从一片空白中的起点向前走去，父与子在这里相会。果真如此的话，我们分享的这份完美必然只是短暂的瞬间，此后他将慢慢忘掉这里，而我会陷入长久的回忆和遗憾。但是我却有另一种理解——我们两人幸运地逃离了各自厌恶的、拥挤的世界，肩并肩面对这无尽宽广也无穷深邃的荒野。在这里，我们都找到了自己。这正是荒野里唯一存在的东西。荒野只是一面有生命的镜子，映出一个人带到这里来的东西。

我们没有被可怕的空旷吓得瑟瑟发抖，或者因为孤独而匆忙逃走，那是因为我们自己丰满的灵魂和想象力，充实了这片空虚，带给它温暖。我们让这片巨大的荒野，变成一个男人和一个孩子的世界。

洛克威尔在这片荒野里憧憬的美好生活，就是我能够想象的世间最完美的生活。他的浪漫像火种点燃了这里的每一样东西。他喜欢连着几个小时，心满意足地在树林里、海滩上、湖岸边嬉闹，因为岛上的每一处都是仙境。"国王大道"、长在"巨人小路"旁的"十磅黄油树"、骑士兰斯洛特务必要消灭的凶恶巨人、喜鹊坟前的十字架、海獭的洞和冰冻的小溪。时不时降临的神奇野人，为了取他们的皮而捕猎白人，就像白人们捕猎可爱的动物那样。雨熊、食猫兽这些似乎是住在密林深处的怪兽，都是洛克威尔的好朋友。每一根在地上腐烂、长满苔藓的树干，每一棵枝杈怪异的大树，每一座土坡，石块和溪流，都有自己的灵魂。还有活蹦乱跳的山羊、美丽

日志

的喜鹊、可爱的小麻雀和憨厚的豪猪。还有漆黑的乌鸦、高傲的鹰、难得一见的蜘蛛和更加稀罕的苍蝇、在雪地里和山坡上乱跑的海獭。它们共同组成的浪漫世界，让一个小男孩的内心深处时刻都有喜悦的激动。

生活在这里，呵护越来越多的动物直到永远——也许他不得不变老，非常非常老。他会娶妻——不要苏厄德的女孩，而要更美的——或许是印第安女孩，繁衍一个大家庭，最后在这里死去。这正是小洛克威尔现在的梦想。如果他需要，我和他的母亲、妹妹们都会来到他身边，而他作为尊贵的一家之主，会照顾我们每个人。

2月20日，星期四

我们全天都待在室外。早晨我们来到两个海湾之间的岬角。路上必须翻过山脚下一堆堆又湿又滑的乱石，着实费力。我们终于艰难地到达目的地，我支起画架开始写生，洛克威尔装成某种野兽，在许多山洞和石缝里钻来钻去。我画完的时候风变大了。回去的路上，还没有干的画布险些被风吹破。下午我在屋外又画了两幅油画。去苏厄德之前，我不再画了。明天如果天气允许，我们就出发。小船已经从雪里挖出来，行李收拾停当，马达也已经在船上安装好。今天很累，现在我就上床去睡。

日志

2月23日，星期日

星期五的天气平静。我们的小船大约11点离开狐狸岛——再次和马达斗争了好一阵子才出发。经过豪格的营地，我们想在那里借用铁桶，舀出船里已经漏进来的很多水。但是营地空无一人，我偷拿了一个大碗，然后继续向前。这时候我们朝两边远望，海湾北面的尽头阳光明媚——正如我到苏厄德之后证实的那样，而我们的小岛正被阴云笼罩。这两处的天气经常截然不同。平日干燥的苏厄德，曾遇到创纪录的降水，当时的狐狸岛却丝毫没有感觉。根据奥尔森的记录，去年夏天狐狸岛持续降雨，苏厄德却是前所未有的阳光灿烂！我们这一趟在苏厄德停留的三天时间，城里始终晴朗，狐狸岛的天空则始终阴云密布。苏厄德岸边的海面平静，狐狸岛那边却有大风。

我们于星期五来到苏厄德，很轻松地把船拖到岸上安全的高处，马达存到奥尔森的小屋，又一次走在文明社会的街道上。这里的每一个人都很友好。第一天晚上，洛克威尔在一位朋友家吃晚饭，又去另一家过夜。那一家的几个孩子，会怎么嘲笑他破破烂烂的内衣呀！我没有吃晚饭，一直在写信。然后去邮政局长家，享受又一个长笛音乐之夜。

第二天黎明时分，从大陆来的邮轮靠岸，接下来一整天我都沉浸在阅读来信的狂喜之中。这里的每一个人都很友好。下午5点，我

日志

带着洛克威尔去和斯隆医生共进晚餐。斯隆医生是苏格兰人,毕业于格拉斯哥大学,曾经是爱丁堡大学的外科教授。他阅历丰富,精神饱满,正是阿拉斯加人所说的"酸面团",也就是见识过各种艰险的老派人物。他对我们讲了许多昔日的历险故事,当时他是诺姆周边半径一百多英里范围内唯一的医生。在诺姆,斯隆医生和探险家斯蒂芬森[1]有过很不愉快的交往。斯蒂芬森所说的金发蓝眼的爱斯基摩人,被阿拉斯加人当成笑话。当斯蒂芬森再次回到北边,想要寻找金发蓝眼的爱斯基摩人时,人们告诉他,那只是他自己留下的孩子。

洛克威尔应布朗奈尔的邀请,和两个小伙伴一起看了几场电影。今天洛克威尔又在朋友家吃午饭,我们一起在鲁特家吃晚餐。所有人都极尽热情地把自家的农场让我随意使用。只要我自己置办其他生活用品,就可以住进一座基奈湖边的小木屋。当地的商贸委员会,邀请我以后再来访问。和这里的热情相比,我在纽芬兰——或者纽约及我到过的其他任何地方——的冷遇,几乎显得滑稽。

我能够感觉到,人们对我都抱有极大的好奇,却克制着不愿流露出来。几位和我很熟的朋友,想看看我的画——但是他们从不会冒昧地强求。布朗奈尔把一座装修好的房子交给我,任

---

[1] 斯蒂芬森(Vilhjalmur Stefansson,1879—1962),冰岛裔的美国探险家,宣称发现了具有白种人体征的爱斯基摩人。

日志

him where with botanical magnificence
and dignity he will care for us.

Frozen Fall
N.W of Olsens cabin.

日志

由我免费住进去。甚至也可以住在他自己的家里，他还给了我家门钥匙。我上一次来苏厄德暂住的房子，这次仍供我使用。整个小城变得比以前更有活力，有一些因战争结束而退伍的军人，还有来自美国大陆的生意人。身着军装的士兵们从事业有成的商人们身边走过，显得卑微虚弱。不可否认，某些懒惰颓废的人，可能会因严格的军队纪律而变得自立；然而，另一些原本自律且有能力的人，却极有可能被军营折磨成弱者。我难以相信，能力低下的人都能轻易适应的那种生活，是对有正常能力的人有益的磨炼。假如军队果真能造福入伍的青年们，那么只可能是让他们利用军旅生涯成为木匠、铁路工人、拓荒者、农夫或者牧羊人！

2月26日，星期三

昨天我们回到了家！离开苏厄德，我们的船上只装了很少的东西。海湾里吹着令人振奋的北风。经过凯恩角之前，一股漂亮的白浪始终跟在我们的船边。整个路程的一半，是我预计马达能支撑的极限。船上的螺旋桨浸在水里的深度不够，昨天回程的绝大多数时间，它都露在水面以上疯狂地空转。可想而知，船很容易失去动力，随着波浪偏离航向。星期五去苏厄德的路上，马达的飞轮松过六次，排气管松过四次，阀门的弹簧脱落了，再也没能装紧。昨天

日志

的回程最初一切顺利，马达运转不停，直到我们进入最凶险的海域，排气管果然又松动了。为了让马达不在凶险的海面上停工，我在剩下的一半时间里跪着，一只手稳住舵，另一只手用钳子拧住排气管的螺丝。洛克威尔一直忙着用桶向外舀水，船舱漏起水来像筛子一样。

回到家是多么幸福啊！我们又坐在自己温暖的小屋里吃午饭。洛克威尔说他已经记不清，是奥尔森还是我们刚刚去了苏厄德。我买了一个电池盒和一些电池，是送给奥尔森的礼物，他非常高兴。当然收到的信让他更高兴。我们刚到家，他就急不可耐地找出眼镜，坐下来认真地读信。他几乎没有收到过信。这一次是洛克威尔的妈妈寄给他的信和一张明信片。

傍晚时分，小海湾里驶入一条有封闭船舱的汽油燃料船，两个年轻人上岸来，其中一个人的妻子留在船上。我们聚在奥尔森的小屋里闲聊，他们声称在找一条丢失的船。奥尔森后来悄悄地告诉我，他们肯定是来找沉在水底的威士忌的。曾经有许多威士忌被人沉在海湾里，标记了沉下去的位置，等到价格上涨的时候，就捞上来出售，和海盗们藏宝如出一辙。毫无疑问，如今许多船员的海图上都标着这些液体宝藏的位置。

今天阴云密布但是没有风，平静优美的天气。洛克威尔尽可能地享受在岛上的最后几天。早晨他爬上东边的山脊，下午又爬上山顶。他就想留在这里，变成一个野人。我完全相信，假如我把他留在这里独自回纽约，他一定会高兴地欢呼。

XI 余晖

三月的第一天！如果阴沉的天气尽快收场，我就能在所剩不多的日子里完成更多作品。十五块崭新的画布，悬挂在屋脊下的吊杆上，等待油彩的装饰。今日漫天大雪，这是仅有的绝对不可能在室外作画的一天。上个星期四早晨，我和洛克威尔开始在海湾里洗晨浴——雪已经变得太硬，无法再洗雪浴。现在每天早晨7点15分，我们赤身穿着套鞋，顶着阴沉的天空跑下海滩，冲进波浪。呜——真冷啊，然而妙不可言的清爽。奥尔森预言，我们的清晨操练过不了多久就要灰溜溜地收场。他终于耐不住好奇，想早晨到海滩上来观看。可惜直到今天他都起床太晚，没有一次看到我们的壮举。

白天正在明显地变长。现在是黄昏时分6点钟，我们还不需要点亮油灯。

奥尔森上一次去苏厄德，买回一大堆木线的边角废料，我帮助他做成许多画框。我送给他的每一幅小作品，都被郑重其事地装进画框。我为他画的肖像，他用了"迷彩"画框——四条边都是不同颜色的木料。奥尔森对这些艺术收藏无比自豪。他发自内心地喜欢我们父子。苏厄德的人们告诉我，他经常没完没了地说起我们。大

日志

家都很诧异,我究竟怎么和这"疯狂"的小老头长久相处。依我看,疯狂就是问题的答案吧。每当我想到能有一位既强壮机灵,又诚恳纯洁的长久伙伴,心里就满是敬畏:这样的美国人,正是我们的国家最值得自豪的财富。

我告诉奥尔森,他写给凯瑟琳的信那样怪异地收结尾,逗得她笑个不停:"要是你乐意就回信——不搭理我也行,反正对我都一样。"

"没错儿,这就是阿拉斯加的规矩,"奥尔森说,"要是有人不喜欢你做事的方式,就让他见鬼去吧。"

我曾听到奥尔森的一件趣事。他带着两只山羊去苏厄德参加一个小型博览会。人们把他的羊关进非常窄小的包装盒里,担心它们身上的灰土弄脏房子的地板。等奥尔森来到现场,看到心爱的伙伴境遇如此凄惨,他撕开包装盒,扔到门外的街道上,咒骂博览会的组织者虐待动物。

"但是它们会弄脏地板啊。"某位女士说道。

"这些羊和你一样干净。"奥尔森回答。疯狂的老头儿获胜了,两只羊被安排在一块特殊的位置,给予足够宽敞的空间,四周扯起的布帘上贴着告示:"观赏山羊,收费10美分。"奥尔森看到后,立刻撕掉告示,让大家都免费进来观看。智者奥尔森说过:"人啊,只不过是一种动物,可惜是最邪恶的动物。动物们相互厮杀,绝不会没有正当的理由。"

日志

在前面的日志里,我已经讲过他怎样回击一个戏弄他的犹太人。奥尔森最近一次去苏厄德,逗留了六个星期,他的好脾气也消耗干净了。他经常坐在小酒馆里的火炉旁消磨时间,酒馆里的闲人们不会放过这种拿他打趣的好机会。一个体态肥硕、穿戴"时尚"的杂货店老板,总是招惹奥尔森。某一天有人在角落里喊道:"嘿,奥尔森,昨天晚上我看到你和一个奇怪的女士走在铁道边。我以前不晓得,你还挺有女人缘啊!"

几个人齐声叫着:"奥尔森,你到苏厄德原来是为这个呀!快说说,那女人是谁?"

"我会告诉你们的。"

"太好了,她是谁啊?"那个胖子忙不迭地追问。

"你老婆!"

3月3日,星期一

通过新法令的日子[1],这里悄无声息。在狐狸岛这个世外小天地,我们基本上和法律没有干系——我们唯一关心的只是漠视法律,除此以外就是好奇——没有任何政府插足的社会究竟能走多远。

---

1 疑为"禁酒令"(Prohibition),作为宪法第十八修正案,自1919年年初开始在美国各州议会通过,直至1933年被废止。

日志

要回答这个问题，你必须回溯到社会最基本的原则，它赋予每个人不可剥夺的权利，或者至少是不可剥夺的欲望。你不禁要问，自然状态下的人对秩序会有几分热爱？事实上，人类成员中的大多数，从生到死都不晓得法律写了些什么，也从未和法律发生过任何纠葛。这一事实充分证明，法律仅仅是以文字记录了普通人出于本能就会执行或者回避的行为。

在这种"普通法"和特定的法律之间，存在巨大的差异。后者专为限制个人的自由，约束道德和性情，以及强制不情愿的人们投入战争。所有法律都埋着暴政的种子，都会被暴政所利用。追求真正自由的人，必须彻底摆脱一切法律。多么希望许多这样自由的头脑聚拢成崭新的社会，那里唯一的法则是自然而然的常识！——我们又回到刚才那个问题。一个真正致力于进步的政府，应当划出一小片领土进行这种试验。然而任何政府的唯一目的，就是压制某一阶层以外的所有人。"生活、自由、追求幸福""没有大众的支持，就没有政府"，如今这些口号听起来是多么空洞啊！然而，在最后一个布尔什维克变成腰缠万贯的商人之前，最后一个理想主义者死去之前，这些古老的准则仍不会被抛弃，就像现在的狐狸岛那样。

天气阴沉灰暗——只有昨天日落一个小时前，天幕突然裂开，云团纷纷逃散，灿烂的阳光就像最明媚的夏日。我坐在室外画画，四周是正在融化的冰雪。这些天的早晨很冷，天色半明半暗，我们顶着风雪赤裸着冲进海水的时刻，更是加倍地寒冷。我废寝忘食地

日志

永不消逝

日志

工作，时间飞逝，我们离开的日子即将来临。

3月4日，星期二

雨雪交加，我们整天都被困在屋里。洛克威尔埋头绘制他的"特罗比尔岛"的地图，这是他自己想象出的一个神奇世界，住着各种奇怪的野兽。我忙着洗衣服和缝补。我的旅行包，补得无可挑剔。我的蓝色外裤，膝盖位置补着一块明晃晃的白色画布。

奥尔森和我们待在一起。他又读了一遍凯瑟琳给他的回信，自认为获得了写信者授予他的特权，可以留我在这里多住些日子，因此想尽办法劝我留下。我女儿小凯瑟琳送给他的照片，被他当成宝贝。我和我的家人们给他的信或者礼物，他全都保存在一个空荡荡的"珍宝盒"里。盒子里只有几封多年前的来信和两张老照片，照片上他的朋友们都是三十年前拓荒者的穿戴。这就是一个孤独老人零星的珍贵回忆。

今天，他给我们看了一张照片。照片上是他当年在爱达荷州的伙伴汤姆·克莱因，还有两个身材健硕、相貌出众的女人，那是克莱因的妻子和妻妹。在一次短途旅行中，妻子冻死在雪地里，丈夫冻伤了双脚。奥尔森率领的救援队历尽艰辛才找到克莱因和女人的尸体。克莱因截肢后经过了很长一段痛苦的康复期，奥尔森始终陪在他身边。

日志

3月6日，星期四

在紧张的压力下作画，真是艰难的工作。我实在太疲惫了，只剩一点儿精力用于最简短的笔记，描述这两天发生的事。昨天一直阴沉，日落时突然转晴，出现无比灿烂的晚霞。红日慢慢沉入紫色的雪峰背后，火红的云团镶起金边，向上射出一道道耀眼的光芒。我几乎整个下午都在室外作画。

今天我们在日出时分洗海水浴，无比清爽。早晨的潮位低得出奇，我走在没有水的浅滩上，绕过小海湾最北边的岬角，直到能看见远处复活湾的北段。奥尔森并不知道可以这样。回去之后，我和洛克威尔把他的船推下水，带着我的油画写生装备出发。我们划着船，来到退潮时我徒步走到的位置，正要靠岸，洛克威尔拿着画架从船头向岸上跳，但是脚下一滑，整个身子都栽进水里，船身险些压在他身上。看着我哈哈大笑，他气得满脸通红。我在岸上写生，他独自划着船在附近的海面上游荡。大约两个小时之后，他划着船来接我回家。下午在小海湾的最南端，我们把这些活动又重复了一次，除了洛克威尔的跳水动作。洛克威尔是一个出色的小桨手，更为重要的是，他总能严格地完成吩咐他做的事——这对成年人是个缺点，对于儿童却是美德。

日志

3月7日，星期五

今天起初的阴云和雪与结束时的辉煌落日相比，简直不值一提。奥尔森、洛克威尔和我坐在船里，在离岸很远的海面上随浪轻轻摇晃，沐浴着夏日一般的暖阳。我们连着几个小时，沿着狐狸岛西侧的海岸探险，穿过礁石之间崎岖的水道，来到令人生畏的石洞前，愤怒的漩涡在洞口翻卷。果真是冒险！有几次几乎是生命危险。我们在南边阳光湾的海滩登岸，在幽暗的树丛里发现了一座曾经用作养狐狸的小屋，如今破败不堪，旁边有猛兽啃食剩下的动物残骸。我们两个年轻一点的人，在很陡的雪坡上，手脚并用地顺着山脊向上爬。站在两三百英尺高的山顶，我们尽情眺望环抱着复活湾的群山、东南方的巴维尔岛和更远处无垠的太平洋。

啊，又一次看到遥远的海平面！漂泊在世间的你向往的每一个角落，走出每一条峡谷，都会看到许多新的高山在邀请你，在每一个峰顶都能看到前方一座座山峰在召唤。最遥远的地方总是最诱人。你将永不停歇地漂泊，永不回头——永远，直到有一天你来到海洋的尽头，站在最后一座山峰上，不得不在终点停下脚步。

山崖在我们脚下呈V字形直插入深绿色的海面。海浪拍击着石壁，忽而碎成白色的泡沫，忽而变成漩涡。起伏连绵的雪峰，在黑

日志

and the open sea. What a thrill to look again upon that free horizon! From our feet the cliff descended in a steep V shaped divide sheer down to the green ocean; and the waves curled and eddied at its base. The mountain across from us gleamed snow white against dark clouds, and what peaks!

We hurried back to Olsen who waited in the boat. That side — the cove and the more familiar mountain to the westward — lay half shrouded in fast dissolving mist. The descent was was not steep. We just sat down

云的衬托下晶莹闪烁——多么壮观的雪峰啊!就像恶狼芬里尔[1]巨大的尖牙,突兀地刺向天空。

奥尔森一直等在船上,我们匆忙地返回和他会合。阳光湾一侧的景物和我们平日看惯的西边的山峰,正慢慢消失在雾气中。下山真是快活。我们只用坐在雪上,就像雪橇一般直冲到山脚下。可怜的老奥尔森,他站在下面仰头看着我们滑下来,吓得面如土色。在海滩上,我发现一根又粗又长的竹竿,显然是被洋流从日本带来的。我们想要走到已经看得见的黑熊冰川,那里陡峭的山峰包围着一大片洁白无瑕的冰原。可惜天色已晚,我们只得回家。这片极北国土拥有的奇观,甚至这一个海湾的奇观,就需要几年才能看完。

3月10日,星期一

前天是一整天的大雪,我和洛克威尔都在室内忙自己的事。昨天,黎明时分天空晴朗如洗。我们原本计划再去海湾,但是风实在太大了。为了不让出游的计划彻底落空,我们把需要的各种用品装进一个口袋,顺着山脊向东边走去。

树林里的景色秀丽如画。洁白的新雪落满树枝,低斜的阳光只

---

[1] 北欧神话中吞噬了众神之父奥丁的恶狼。

日
志

and shot clear to the bottom, going at a furious pace. Pon Olson, who watched us from below, was aghast. On the shore I found a long, thick bamboo pole, doubtless carried directly here from the orient by the Japanese current. I longed to go across to Bear glacier that we could now see, a broad, inclined plane, spotless white, with the tallest mountains rising steeply from its borders.

But it was too late and we returned home. The wonders of this country, of this one bay in fact, it would take years to know!

能照到最高的树顶。树枝在风中摇摆，抖落的雪粉就像又在下一场雪。我们登上山顶，继续向以前从未去过的北边走，又看到了开阔的海面。任何体验都比不上你钻出密林，眼前豁然开朗那无边无际的壮美！山脊上有一棵大树，露出地面的根形成一道道凌空的拱门，我们就在那下面生起一堆篝火。洛克威尔后来始终记得树根下别致的"烟囱"。我取出随身带的一张油画布开始工作，洛克威尔在四周一边玩一边砍树枝来烧火。我们把豆子的铁皮罐头，扔进闪着火星的炭堆，听到砰砰的鼓胀声——午饭已经做好了。我们坐在树根旁，享用美味的豆子、面包、花生酱和巧克力——脊背被烤得发烫，腹部却快要冻僵了。洛克威尔建议，接下来三四天我们都像这样野炊。我继续画的时候，他就自己在雪地里玩，然后我们下山回家。

  美好的天气意味着我会格外忙碌。我去湖边画了一个多小时，今天又是辉煌的日落。晚饭后我做完面包，疲惫地爬上虽然硬但是很舒服的床。假如天气合适，奥尔森今天就会做准备去苏厄德，但是一直在刮北风。整天我都在忙着收拾物品，几乎装满了刚做好的几个大木盒子。我们真的要离开了！今天的天气就像是秋天，前几天我们就有这样的感觉。我相信，生命中丰盛的夏天即将结束。我们尝到了秋天苦涩的滋味。

日志

3月11日，星期二

一个寒冷的晴天，大风始终未停。几乎全天时间我都在画，起初在室内，后来在室外开始一幅大尺寸的油画。奥尔森基本上和我们待在一起。他珍惜我们送给他的每一件小物件。他口袋里的小笔记本里，夹着小凯瑟琳、克拉拉和芭芭拉的照片。他想要我随身带的芭芭拉的一缕鬈发——但是我不能给他。看起来他要陪我们一起去苏厄德。满月之后大风才可能平息，也就是说还有三四天时间。我的行李箱基本上收拾好了，剩下的零碎只需几个小时就能全部收拾好。

晚上，我和奥尔森聊起船只失事的人，在孤岛上可以坚持的时间超乎你的想象。他说起一个昂加镇[1]本地少年的故事，这个"疯子塞米恩"，在昂加岛的荒凉角落独自生活了四年。没有房屋，家只是沙地里的一个坑，没有火、衣服，也没有工具和武器。真是一个可怕的故事。一个少年偷了献祭的酒，最终沦为疯狂的杀人犯。这个习惯了任意胡为的孤儿，闯进俄国人的教堂，偷喝献祭用的酒。他害怕被绞死，于是逃到昂加岛最荒僻的角落藏身。

他消失了四年之后，某个渔夫凑巧来到那片荒野，在沙滩上

---

[1] 昂加镇（Unga），位于阿拉斯加南部舒马金群岛中的昂加岛。

日
志

built a fire beneath the arched roots of a large tree. Rockwell will long remember the wonderful chimney beneath

the roots. I painted on one of the canvasses I had brought along while Rockwell played about a real wood for the fire. Presently the can of beans that we'd laid in the ashes went pop! — and we knew that dinner was ready. So we sat down and ate the fine dinner of beans, bread and peanut butter and

日志

看到人光脚留下的脚印。他立刻返回住地,取了枪,端着枪在沙滩上寻找,那个少年只得现身。那完全是一个野人,头发遮住了肩膀,少年用流利的英语,从头至尾讲了自己的经历。四年来,他基本靠吃海鸟蛋过活,睡在铺着干草的沙坑里。渔夫把他带到最近的一户人家的住地。男主人名叫提比茨,靠近他们住所的时候,渔夫让提比茨的妻子暂时回避,先找来两件旧衣服让野人遮体,洗了澡——但愿如此——还有理发。提比茨收留他暂住下来,他是一个很好的劳力。一个多月后,四个人一起回到了昂加镇。可是认识他的人们都躲着他。不久他又离开那里在外流浪,在沙角遇到另一个也叫塞米恩的本地人。沙角附近另一个岛上住着一个斯堪的纳维亚人P和他妻子。P是一个纯粹的中年酒鬼,妻子却很年轻,还是小女孩的时候被他强迫才嫁给他,如今仍过着被绑架一样的生活,当然她自己的名声也很糟糕。两个塞米恩,来到P和妻子的住处,他们带来很多酒交给P。两天后的晚上,四个人都挤在小木屋里,屋里有两架双层床,两个塞米恩先去上床睡觉。P坐在桌子边只顾喝酒,"疯子塞米恩"从床铺上用枪瞄准了他,一枪正中心脏。第二天,他们把尸体抬出来,摆在一块木板上。"疯子塞米恩"来到沙角,走进商店要买一些白棉布。

"你要白布做什么?"店主问他。

"遮住P的尸体。"他毫不掩饰地回答,并且告诉人们是另

日志

点亮星光的人

一个塞米恩开的枪。被害人的妻子是犯罪的目击者,因为证据不足而免于被起诉。两个塞米恩分别被判处十年和十五年徒刑。"疯子塞米恩"刑满之前就死在监狱里。审判还在瓦尔迪兹进行,P的妻子(名叫安妮)就回到昂加镇,鼓鼓的钱包里装着由于羁押而得到的赔偿金。她后来嫁给一个挪威来的年轻渔夫,和他一道捕猎,但是没过几年她就死了。奥尔森认识故事里的所有角色,谋杀发生的时候他也在沙角,并且推掉了看守囚犯的差事。

3月12日,星期三

奥尔森披着寒风推开门,进屋坐下。

"这是关于两个年轻人的故事,听完你就明白,闯荡阿拉斯加的水手是什么样的人。在诺姆挖到金子的消息刚传出来,全美国都坐不住了。在南边的昂加镇,无论是有经验的矿工还是干其他营生的人,都想甩掉手里的事,尽快赶到诺姆。沙角那里的两个年轻水手有一条小帆船,他们恨不得插上翅膀飞到北边。他们准备了一袋面粉、一块腌肉、两盒啤酒、一只猫和六只小猫崽,还有钓鳕鱼的线,都装上船就立刻出发去昂加镇。大风吹断了船的一根桅杆。他们靠另一根桅杆上的帆,凑合着

日
志

MARCH 8·8·

Dearist Mother
I hope you are still
haveing a grate time
we will be back prity
soon. and I will
sho you chou to write
betr. I will sho you
the chole ABC in writing now
a b c d e f g h i j k l m n
o p q r s t u v w x y z.
Father is packing the trungk
to day.
I'm going to bring lots of
shels and fethers.

GIVE THIS MUCH LOVE TO THE
CHILDREN AND TO YOUR SELF
120, 140, 180 330 809. 100, 100,
100, 101, 102, 13 6, 0, 0,
LOVINGLY ROCKWELL

洛克威尔的信

MARCH 13

DEARIST MOTHER
Yestuday it was nirly the codist day we have had. And I played dining. while Father painted outside nirly all daylong.
MARCH 13TH. I STADE in the chouse and watched an an olden nap. In the evening it got wormr. I went out to play dining.

MARCH 14TH
THE CALLEST DAY. NOTHING TO SAY WE HAD THE BEST ICE CREAM. I LIKE TO HEAR MR OLSON'S AND MR KENT'S STORYES THE TELL NICE STORIES
LOVINGLY ROCKWELL

日志

5 MARCH 2 nt

Dearest Mother :—
THE THIRD DAY IN SEWARD

The womsen in the clotel gave me soon ice Kream
Then we talk together and
She siad all of the boys were in school but I wad finde some boy to pay with
So I went out to hunt for a boy to peay with.
And I found a boy called francies. and we found a dog sleigh and a lot of other boy playd with us
All of the boys were dogs Ksept one was the driver
And I was the leader.
All the time the druvr was saying GO LEADER— GO LEADR — GO LEADER— GO LEADER.
That night Father and I went to
HOPS THE ROOTS. THE END LOVINGLY ROCKWELL KISIS

洛克威尔的信

到了昂加镇，在那里安上一根新的主桅杆，又在城里寻欢作乐了一阵子。很多人看着他们上了船，出发去诺姆。

这一对冒失鬼当中，名叫斯维尼的瑞典人是船的主人，也可以算是船长。其实他真正的名字是斯万森。另一个家伙当然是唯一的船员，外号叫'医院盖斯'，因为在昂加镇的医院里，不论出了什么事，他都去帮忙。他们刚刚出海，就望见前面刮起那种夹着雪片的'白毛风'。'快降帆！'船长大叫着。但是'医院盖斯'说：'让它过来试试看。'因为小船没有压舱物，转眼就翻了。船帆泡在水里，船长和船员趴在露出的船龙骨上漂着。直到被过路的船发现，拖着他们的船回到昂加镇。他们根本没钱付拖救的费用，只好让破船留在岸边烂掉。两年后斯维尼独自流浪到了诺姆，但是没过多久他就自杀了。"

今天出奇地冷。但是我们的生活内容照旧，起床后洗海水浴，白天基本上都在室外画画，夜里给洛克威尔读睡前故事，然后我写作直到深夜。现在屋里非常冷，外面的风一刻不停地呼啸，该上床去睡了。

3月13日，星期四

昨天夜里寒冷难熬。我不得不多次起床，给火炉里添柴。寒风怒吼，我在毯子下面紧紧地抱着洛克威尔。天亮时分，依然刺骨地冷。将近正午时开始下雪，下午风雪逐渐减弱。这会儿又是东北风呼啸，我们几乎要冻僵了！

一整天都在收拾行李。空无一物的小屋里，很是凄凉。

3月16日，星期日

满月照耀着最完美的宁静。如果明天持续无风，我们就告别狐狸岛。过去的三天都很忙碌。凛冽的北风一刻不停，刺骨的寒冷甚至超过整个冬天最冷的那几天。

直到昨天，我仍然每天带着画具外出作画，尽我所能地把这里无尽的壮美在画布上记录下一点点。与此同时，我们继续整理行李，打包捆扎的成果堪称完美——但愿如此吧！谁知道我们的箱子和包裹，能不能经得起几千英里漫长旅途的考验。如果我们没有答应奥尔森，陪他一起去阳光湾和露脊溪——在复活湾东侧的大陆上，我们今天就出发去苏厄德了。

中午时分，海面上风平浪静。天空没有一片云。尽管气温很低，但是灿烂的阳光看上去似乎很温暖——让人感觉很舒服。奥尔森的马达一路上频繁地停转，载着我们三人的小船，就靠它磕磕绊绊地推着向前。在露脊溪有几道三十英尺高的瀑布，水流从一处高台笔直地跌入下面圆形的深潭。今天我们看到的瀑布全都冻住了，变成铺满悬崖的一道冰墙，但是你不难想象它们夏日里优美的

日志

...J, might have lived had we not
met Olsen that fair Sunday in August

A little cabin stood there — open to
the weather through doorway and window but
otherwise snug and comfortable. Still
even with that great wonder, the falls,
so near that spot was not to
be compared with our Ice Island
home. Next we went to Sunny
Bay to visit the old trappers who be-

日志

姿态。我们必须尽快离开，否则船就会因为退潮而困在那里。接下来要去的地方，是一座小木屋。假如那个八月的星期日没有遇到奥尔森，我和洛克威尔极有可能会落脚在这里。从门窗洞口漏进的风雨，让小屋有些破败，除此之外还算舒适。即便那个美丽的瀑布就在近旁，这里也比不上我们狐狸岛的家。

然后我们去阳光湾，看望一个在此过冬的老猎人。去年秋天，他去捕猎营地的路上，曾经路过狐狸岛短暂停留。我们的船靠岸的时候，一个虚弱的身影走过来迎接。整个冬天他都在生病，没有气力出去照看捕猎的夹具。孤身一人的晚景多么凄凉！他每天拖着病体，劈柴、取水、做饭，有时候头晕得站立不稳。环绕他的小屋，他布置了半径不大的一圈夹具，可以勉强照看。整个冬天的收获，是十二只小白貂和两只水貂——至多值三四十美元。我们邀请他一起回狐狸岛，然后再同去苏厄德，但是他宁愿独自再待几天。

这会儿，我在屋里看着打包收拾好的行李，空荡荡的四壁，一个拆解干净的家。直到此刻，我仍难以相信，如此美妙的历险即将结束。它完完全全地占据了我们的生活，直到最后一刻。荒野像一个沉静深邃的酒杯，盛满智慧。仅尝一口，就能让余下的人生迈向更饱满的青春。

你无法预知，这样动人的欢乐、这样平静的生活能持续多久，只有漫长的人生经历才能回答。然而，就在将要离开的时候，我们很清楚自己才刚刚开始品尝生活和这个荒岛的奇迹。我和洛克威尔

日
志

sea. —— And now at last it **is** over. The Island will soon become in our memories like a dream or vision, a remote experience too wonderful, for the full beauty we knew there and the deep peace, to be remembered or believed in as a real experience in life. It was for us life as it should be, serene and wholesome, love – but no hate, faith without disillusionment, the absolute for the earth-striding footsteps of man and for his soaring spirit. — O'Sm of the deep experience, strong, brave, — generous and gentle like a child, and his island – like Paradise. —————— Ah God, — and now the world again!

日志

都下定决心,日后要再回到这里,尽情探索它的每一处角落——要靠一生才能实现的计划。我们在这里学到自己想要的东西,就像获得了智慧的毕业生,即将从荒野这所大学回到社会。

3月18日,星期二

狐狸岛已经留在我们身后。去年8月,偶然相遇的奥尔森,把我们的小船拖到他的岛上。昨天,和他共同度过将近七个月之后,我们又分别坐进自己的小船,一起驶过海湾——这一次,我们的船在前面拖着他的船。清晨的寒风中曙光微露,我们就起床收拾好最后的一点零碎,然后装船。

中午过后,风势减弱,我们终于说服奥尔森和我们一起去苏厄德。另一条船上的马达始终虚弱,幸好我船上的马达一直运转良好。复活湾里凉风掀起急浪。行程过半,风变得更紧了。奥尔森的马达真令人失望,绝大多数时间他的船都被紧绷的绳索拖着向前。浪越来越高,我担心他改变主意,不时回头朝他咧嘴笑,示意一切正常。然而,雪白的大浪拍打着船帮,他的脸色变得很严肃。他向我们挥着手,示意他要掉转船头回他的岛上去。我必须选择,要么和他一起掉头,要么解开拖船的绳索。我们把背影留给奥尔森,朝凯恩角驶去。到达那里之后,我们的船贴着海岸的峭壁,顺利地向前。

风渐渐停了,在平坦如镜的海面上,我们的小船驶入苏厄德的

日志

港湾。

现在,一切都结束了。过不了多久,我们记忆中的狐狸岛就会变成一场美梦或者幻想,一段过于美好和遥远的体验。那么自由和宁静,以至于日后我们将难以相信它曾是一段真实的生活。对于我们而言,它就是生活应有的模样,平静而又丰盛,充满关爱——而不是仇恨,怀有信仰而从不空虚。它验证的真理,是汗水浸湿的双手和昂扬的精神。奥尔森啊,他强壮、勇敢又慷慨,他饱经风霜却像孩子一样温柔。他的小岛就是天堂。

哦,上帝——从此又回到这个世界!

疯隐士

导　言

在一个与世隔绝的阿拉斯加小岛上,我和九岁的儿子共同度过了1918年的冬天,《荒野集》是我对这七个月生活的记录。那段回忆是如此甜蜜,以至于日后我需要以下这几幅画来提醒自己,当时小屋里的那位成年人,为了熬过被孤独所啮痛的时刻,不得不把精力倾注于用笔和墨水描绘一位隐士的生活——在他凌乱如碎片的想象当中,隐士的心绪就像风、苍穹和海底,像高山、群星和身边的宇宙,而不是产生这些思绪的人。我的画笔描绘了这位隐士逐渐理解了整个世界只有冷酷的秩序(除了人的内心)。人自身——或者说他具有感知力的存在[1]——某种程度上恰如伯克莱所言,是冷酷的宇宙之中的太阳。

如此辛勤的成果——冠以不无讽刺的命名,就是以下七幅画组成的"疯隐士系列"。

——洛克威尔·肯特

---

[1] 爱尔兰哲学家乔治·伯克莱(George Berkeley,1685—1753)的名言:"存在就是被感知。"美国加州伯克利大学即因他而得名。

隐士

狂喜

海之梦幻曲

牢笼

流水

自
我

视界

图版目录

"查拉图斯特拉本人则拉着那个最丑陋者的手,向他展示自己的夜晚世界,那一轮大大的满月和山洞旁银色的瀑布。" 42

未知的水域 45

造屋 50

木柴 55

睡觉的人 60

绞盘 63

雪王后 66

狐狸岛,基奈半岛的复活湾,阿拉斯加 70

豪雨 75

日 82

夜 84

荒野 91

洛克威尔的一幅画 93

日出 98

历险 100

在高处 127

白日的劳作	130
用餐时间	138
一天的尾声	141
洛克威尔的梦	150
小木屋的窗	158
上床睡觉	161
漂流木	163
削木棒的人	169
"起床!"	179
男人	182
女人	186
预感	189
"于是人们去到那里,……忘掉他们自己。"	194
孤独的人	196
该隐	213
超人	215
圣诞大餐的菜单	222
北风	224

洛克威尔的另一幅画	233
厌倦尘世	237
胜利	241
荒野	244
查拉图斯特拉和他的玩伴	247
冻结的瀑布	250
永不消逝	283
点亮星光的人	294
洛克威尔的信	296
洛克威尔的信	297
洛克威尔的信	298
隐士	309
狂喜	310
海之梦幻曲	311
牢笼	312
流水	313
自我	314
视界	315

译后记：浓缩的人生

在翻译将近收尾的时候，我突然意识到，某些读者很可能读完了全书，认识了一对可爱的父子和一个怪癖老头儿，但是仍不了解作者肯特究竟是怎样一个画家、怎样一个人。

本书的"前言"（译自1996年英文版），详尽地介绍了《荒野集》诞生的来龙去脉，也简要介绍了肯特的人生轨迹，但是并没有强调他的绘画事业。撰文者显然默认，他的代表作在英语国家里家喻户晓。为了不让正文之前的铺垫过于冗长，我只能利用译后记做一点补充。

简而言之，肯特是一位在西方知名度很高，却很少在美术史教科书或者畅销书中出现的画家。他的事业主线之一，是自然风景题材的油画，尤其是阿拉斯加、格陵兰岛冰雪荒原题材的作品。以现代美术界的主流标准衡量，他的油画作品都过于"具象"，难以引起评论家们的兴趣。其实不只是肯特，整个20世纪，有哪一位具象的风景画家登堂入室呢？

肯特自己的冲动行为，让他自己进一步远离正统的艺术界。为了表达对美国社会的失望，七十多岁的肯特在20世纪60年代的"冷战"高潮期，把数十幅油画（连同包括本书在内的大量文学手稿）都捐赠给了苏联政府。可惜所托非人，这些遗产长期沉睡在某座博物馆的储藏柜里,很大程度上阻碍了后人对于他的深入研究。因此即便是在美国,如今他的油画作品也鲜有人知。

获得巨大成功的,是插画家肯特。一系列文学经典的黑白插画,让肯特充分施展他独特的"具象"手法,为他带来了显赫的社会声望,还有艺术家们很难实现的财务自由。尤其是1930年兰登书屋出版的《白鲸》,配有肯特精心绘制的三百多幅插画,在经济大萧条的泥潭中轰动一时,推动了这部艰涩的巨著走进大众之家。目前最常见的中译本(人民文学出版社,成时译),也选择了其中的几幅插图。

20世纪上半叶,出现了一波文学插画的高潮,黑白单色插画的名作,还有比利时画家麦绥莱勒的《约翰·克利斯朵夫》(1925)、德国画家艾肯伯格的《呼啸山庄》(1943)等。和它们相比,肯特的插画人物形象更加硬朗厚实,古典的图案装饰感和浪漫气息扑面而来,它们掀起一股雅俗共赏的热潮,绝非偶然。

我自己和肯特的缘分,也始自他的插画。20世纪80年代末,一个喜欢读书的初中生,注意到《读者文摘》等杂志的插页,经常印着一些非常别致的黑白插画,让人过目不忘。后来慢慢知道,它们是《白鲸》《莎士比亚戏剧集》的插画,都出自一个姓肯特的美国画家。

美术爱好者人到中年,在浏览了各种风格之后,仍然钟情于"具象"。再看到肯特的插画,我丝毫没有觉得肤浅。后来我又发现,画家肯特还颇有一些文学成就。除了隐居日志《荒野集》、记述他在智利南端探险的《航行》(*Voyaging: Southward from the Strait of Maqellen*)、驾船挑战北大西洋的《北偏东》(*N by E*)、在格陵兰岛生活的《萨拉米娜》(*Salamina*),还有洋洋洒洒的长篇自传《主啊,这就是我》(*It's Me, O Lord*)。每一本都多次再版,配有肯特自绘的黑白插画,文字朴实,激情里闪烁着幽默。

如何形容记录在这些书里的人生呢?很难找到一个简练又准确的形容词,但它必然是"纯粹"的反义词。

风格独特的画家、才华不凡的作家、健壮彪悍的探险家(擅长驾船远航)、足以养家糊口的建筑师(更准确地说是木匠),这几种角色的复合,对于肯特仍然不够丰盛。他还经营着自家上百英亩的农场(出售乳品)、积极参与工会等左派政治运动,甚至竞选过国会议员(作为无政府主义者)……他还有三段正式的和某些非正式的婚姻,以及五个孩子。

跨界的天才,其实并不罕见。俄国化学家鲍罗丁也是作曲家,法国艺术家杜尚下国际象棋达到专业水平。然而他们的多种角色,都是书桌前的脑力劳动者。肯特就像自己崇拜的中世纪工匠,身体与头脑同样强壮、同样敏捷。我评价他是"生存能力最强的现代知识分子"。我彻底理解了,肯特画里异常饱满的力量来自何方。作品恰如其人,肯特是这种理论的典型例证。我羡慕的对象,已经从他的画变成了他的人生。

肯特的几本书迄今都没有中译本,我向出版社优先推荐了《荒野集》。一百二十篇长长短短的日记,记录了七个月的世外隐居。虽然它的篇幅比另外几本书短,但是内容更丰富也更有趣,完整地浓缩了他的一生。正如肯特自己总结的那样:"荒野只是一面有生命的镜子，映出一个人带到这里来的东西。"

如此这般，我终于幸运地成为《荒野集》的译者，开始在北京钢筋混凝土的森林里，想象一百年前风雪交加的阿拉斯加海岛，在夜深人静的小木屋里，肯特记下儿子和邻居老头儿带给他的各种灵感。

或许因为这是肯特出版的第一本书，动笔时没有想到能够出版，所以文字比他日后的著述更自然、更随性。我相信，出色的画家都应当具有写作的潜力——能够看到旁人忽视的东西，再用自己独有的方式裁剪、呈现。窜来跳去的小洛克威尔、狡黠而又耿直的奥尔森，都在我眼前活灵活现。他们完全称得上美国文学的典型人物形象。加上奥尔森讲述的历险故事，《荒野集》几乎是一本生动的纪实体小说。

如果改编成电影，很多关键段落已经有现成的分镜头：父与子顶着飞雪砍树锯木、在狂风暴雨的海上拼命划桨、在山坡上逗弄豪猪、挤在床上为《小克劳斯和大克劳斯》哈哈大笑，还有三个岛民隆重庆祝的圣诞节……我印象最深刻的一个画面，是奥尔森问肯特想把儿子养成什么样的人。

> 我正在往罐子里倒豆子，听到他的问话，我故意改成一粒一粒慢慢地向下倒："富人、穷人、乞丐、小偷、医生、律师、商人、官员。有谁能定下一个孩子的人生呢？"

《荒野集》的另一个引人之处，是肯特发表的各种"谬论"。当时三十六岁的肯特，对于社会、政治和艺术的价值观都已定型，甚至连他离开狐狸岛之后五十年的人生，也在此时埋下了伏笔。肯特有一种天分，他擅长用简洁有力的文字，表达犀利的观点。例如，关于个人和国家的关系：

  让我们呼吁祖国发布一道宣言，提醒人民偿还已经领取的优待。我们或许能幸运地以少于生命代价的方式还清债务，以便未来能完全掌控自己的生命，从此任何人或者政府都没有资格做我们的债主。

看着九岁的儿子荒废学业，半年多时间几乎都在树林和海滩疯玩，引发了他许多精辟的教育观点：

  恰恰是教育才让人们学会容忍特权。……如果一个孩子失去了本能的爱心和教育无法唤起的冲动，无论什么样的益处都不足以抵消。

肯特在狐狸岛上勤奋作画的1918年，正是现代艺术史的关键性时刻：康定斯基、蒙德里安逐渐形成各自签名式的风格。他们的抽象色块和线条，将成为现代艺术界持久的硬通货。而肯特自有一套完整的艺术价值观，他会顽固地贯彻终生：

无论我在绘画上投入多少精力，我的画作多么成功，我都不是通常意义上的艺术家。抽象的形式对于我毫无意义，除非它是整体的一个片段，而这个整体必然是生活本身。……无论如何，"生活"本身才是人能够感知、希望拥有的对象，是人努力用"艺术"来重新创造的目标。

当然，他在艺术方面的特立独行，不可能全凭狂野的自我，也需要巨人的肩膀，只不过他漠视教科书和评论家们开出的巨人名单。《荒野集》透露了肯特依靠的某些巨人：他顶礼膜拜荷马史诗《奥德赛》，认为它明显胜过《伊利亚特》；他津津乐道爱尔兰、冰岛的古代传说；他极力推崇德国画家丢勒、英国画家及诗人布莱克——竟然只字不提意大利和法国的艺术！

五花八门的思考和事情，占满肯特的头脑和双手。古往今来的隐居者，少有如此忙碌的。如果他心如止水地隐居，即便他写下最动人的文字，我也没有动力把它翻译出来。因为早有珠玉在前：1854年面世的《瓦尔登湖》，已经有近十种不同的中译本！当你握着手机在地铁通道里蠕动，开始向往简单的田园生活，一本《瓦尔登湖》足矣，尤其在长篇阅读非常奢侈的时代。

梭罗的《瓦尔登湖》，在无数迷茫的后来人面前推开一扇窗，其中也包括肯特——但他同时也是尼采和其他很多思想者的门徒。肯特最重要的天赋在于，他能把琳琅满目的思想都变成手中的工具，就像画笔和斧子。他不会为之痴狂，只是利用它们建造一条大船。

肯特离开阿拉斯加，再也没有回来。狐狸岛所在的基奈峡湾，在他去世几年后（1978）成立了国家公园。如今每年夏天，都有大批游客从苏厄德乘轮渡登上狐狸岛。父与子住过的小木屋只剩下几块朽木，山峰、树林和湖水从未改变。

"前言"的撰写者道格·凯普拉先生，在苏厄德生活了数十年，既是国家公园的巡护者，也是研究肯特生平的专家。他热心详尽地解答了我在翻译过程中遇到的多个问题，并且为中文版特意撰写了前言。

衷心感谢本书的责任编辑刘蓉林女士，慧眼识珠，让《荒野集》在首版（1920）整整一百年后来到中国读者面前。衷心祝愿读完全书和这篇译后记的读者，都像肯特一样幸运，能和自己的孩子一道回忆五十年前快乐的往事。

杨鹏

北京四通桥西

2019年8月

洛克威尔·肯特年表

1882年，生于纽约州

1887年，父亲去世

1895年，随姨妈去欧洲旅行，受到艺术气息感染

1900年，进入哥伦比亚大学建筑系

1902年，从哥伦比亚大学退学，进入纽约艺术学院学画

1905年，在缅因州的莫西干岛建造小屋，隐居作画

1908年，与凯瑟琳·怀丁结婚

1909年，长子小洛克威尔出生

1914年，前往加拿大的纽芬兰，创办艺术学校未果

1918年，和儿子小洛克威尔前往阿拉斯加

1920年，出版图文日志《荒野集》

1922年，驾船从纽约前往南美洲的火地岛

1924年，出版航海游记《航行：从麦哲伦海峡向南》

1925年，与凯瑟琳离婚（共有两个儿子和三个女儿）

1926年，与弗朗西斯·李结婚

1927年，在纽约州北部购买一处农场，取名"阿斯加德"（北欧神话中众神的住所），从此定居于此

1929年，驾船从纽约前往格陵兰岛

1930年，出版航海游记《北偏东》

1931年，第二次前往格陵兰岛，在自建的木屋里居住十八个月

1934年，第三次前往格陵兰岛，逗留八个月

1935年，出版记述格陵兰生活的《萨拉米娜》（他在当地的爱斯基摩情人的名字）

1937年，受美国政府委托，为首都华盛顿的邮政总局建筑绘制两幅壁画

1939年，绘制纽约世界博览会"通用电气馆"壁画。同年与弗朗西斯离婚

1940年，与谢莉·约翰斯通结婚

1948年，作为美国工党代表参选国会议员失败

1953年，因左派言论，被参议员麦卡锡主导的调查委员会传唤

1955年，出版修订后的自传《主啊，这就是我》

1960年，捐赠八十幅油画和约八百幅版画、墨水画及日志手稿给苏联政府

1967年，获得苏联政府颁发的"列宁和平奖"

1971年，因心脏病在"阿斯加德"农场去世，并埋葬于此，终年八十九岁

主要的文学插图作品：

1929年《老实人》

1930年《白鲸》

1932年《贝奥武夫》

1935年《坎特伯雷故事集》

1936年《莎士比亚戏剧集》《冰岛古代传说》

1937年《草叶集》

1941年《浮士德》

1949年《十日谈》

Simplified Chinese Copyright © 2020 by SDX Joint Publishing Company.
All Rights Reserved.

本作品简体中文版权由生活·读书·新知三联书店所有。
未经许可，不得翻印。

图书在版编目 (CIP) 数据

荒野集：阿拉斯加的宁静历险日志 /（美）洛克威尔·肯特著；
杨鹏译. —北京：生活·读书·新知三联书店，2020.7（2021.3 重印）
ISBN 978-7-108-06857-6

Ⅰ.①荒… Ⅱ.①洛…②杨… Ⅲ.①日记—作品集—美国—现代 Ⅳ.①I712.65

中国版本图书馆 CIP 数据核字（2020）第 078468 号

责任编辑	刘蓉林
装帧设计	鲁明静
责任校对	安进平
责任印制	董 欢
出版发行	生活·讀書·新知 三联书店
	(北京市东城区美术馆东街 22 号 100010)
网　　址	www.sdxjpc.com
图　　字	01-2018-4520
经　　销	新华书店
印　　刷	河北鹏润印刷有限公司
版　　次	2020 年 7 月北京第 1 版
	2021 年 3 月北京第 2 次印刷
开　　本	880 毫米×1230 毫米　1/32　印张 10.5
字　　数	150 千字　图 114 幅
印　　数	08,001-11,000 册
定　　价	75.00 元

（印装查询：01064002715；邮购查询：01084010542）